# ANTES DE SER PEQUENA

jéssica pozzebon

**URUTAU** 10 ANOS

**EDITORA URUTAU**

rua do cajú, 478
jardim das cerejeiras, 06724-015
cotia-sp
brasil

rua dr. manuel pacheco nobre, 109, 4° esquerdo
2830-080
barreiro (setúbal)
portugal

[+351] 928053619 [portugal]
[+55] 11 95608-8983 [brasil]

www.editoraurutau.com

## sumário

*A todas as filhas de mães sem filhas.*

# 1

É no olhar do outro que eu existo. Dona Iná costumava dizer que espelho é coisa mentirosa porque são nossos olhos que veem. Acho que quem mente é a gente mesmo e não o abestalhado do espelho. Mentia bem me dizendo ser uma "boa menina". Hoje sou a gostosa que querem comer. É o que dizem, e, já que dizem, devo acreditar. Não são espelhos falando, mas os abutres com quem trepo noite após noite.

Um espelho reflete o que se vê e o que se vê é mesmo o que ele reflete? Nunca pude confiar no que via. No que vejo, me engano, no que provoco não. Um pau duro é um pau duro. Um clichê vivo.

Sibila observa.

As bonecas conversavam comigo. Roubava facas e tesouras para abrir suas barrigas e não encontrava nenhuma entranha. É estranho pensar num corpo vivo sem nada dentro.

*Um corpo vivo é vivo, afinal?*

Batia as cabeças das bonecas nas paredes de mofo e era o mofo que respondia — meus bebês sequer choravam. Elas entenderam, antes de mim, que gritar dor não as torna audíveis. Esfarelar corpo sim, propaga-o feito fumaça.

Mamãe, quero dizer, Dona Iná, uma admiradora de misses infantis. Coroavam minha cabeça perfurando o crânio de pensar brincadeiras. Cresci antes de ser pequena. Todo olhar satisfeito atestava que eu existia. Sorriso de desejo de corpo infantil que deixou a infância antes de poder usá-la. Sou um depósito de olhares que engoliram a menina que nem posso dizer que fui, mas que a reencontro em cada boneca com víscera que hoje enterro do lado de fora do forte onde trabalho.

*Uma delas eu abri — ou arrombei?*

Sangue cheira a ferro, mas minha boneca com recheio quando aberta tinha cheiro de leite derramado no fogão. Basta que o olho mude a direção que ele assume vida própria e fode com todo nosso planejamento.

*Eu nunca fervi.*

Mamãe não se descuidava, sabia me manter na temperatura certa — dentro de um frasco que ela controla o ponto de ebulição. Um leite semifervido pronto para ser servido, sem bagunçar o fogão.

*Me comem há anos. As bonecas que enterrei não passarão por isso. Sou uma boa mãe.*

Já tinha treze anos que eu trabalhava no clube, acatei bem os comandos de quem sabia mais sobre a minha verdade do que eu — será o outro um espelho que não mente? Meter, eu sei, sabem fazer bem, e aqueles homens metiam fundo e com violência. Quando conseguiam meter fundo e com violência... Acontece que nenhuma invasão adentra mais que os olhos sombrios de Dona Iná. Brinco com seu nome, Iná inativa.

*Não ela, infelizmente.*

Inativa os pedaços de carne que nunca disse serem meus. Desacreditava. Feito cão pulguento que acolhe o verme, lambo as feridas e engulo. Pulga e verme. Qualquer bicho parasita. Coço para aliviar a coceira e quanto mais coço mais a pele rasga e vejo dentro. Alívio, uma vez mais.

*Não sou uma boneca sem nada dentro.*

Quanto de vida existe numa vida? Nos meus anos, o palco foi oxigênio. *Não precisa ser genial quando se é bonita,* mamãe ensina. A primeira vez em que existi, ainda lembro, foi pelos olhos dela na plateia do ginásio. A faixa de rainha servia em mim, mas era ela quem usava. Eu a paralisava com os movimentos do corpo que desfilava para receber uma dose homeopática de olhar.

*Mãe que ama troféu só pode fazer nascer filha de porcelana — um toque indelicado e um pedaço se rompe. Enfia esse no cu, mamãe.*

Quarto sem proteção acústica é um estupro. Como querer silêncio no buraco da orelha quando nem o buraco da minha buceta descansa? Tem graça porque dói. Murmurinhos do salão principal me chegam, sinto o cheiro do desejo de longe — feito tubarão que fareja sangue de corpo que sangra. Eles estão me esperando. Hoje encerro enquanto enceno meu espetáculo.

Sibila duvida.

Iná é a dona da espelunca que chamam de Boate. Devia chamar Boquete já que no combo esse serviço é o mais procurado. Boceta é uma caixinha oval de guardar objetos, depósito de joias. É na boceta que moram as preciosidades de cada um. Cofre. Chaveado. Cerrado.

*Ser precioso para alguém é viver preso e ser a presa.*

Chapeuzinho Vermelho foi engolida pelo Lobo porque acreditava que a dentada era da vovó. Todos os anos, as mulheres se mastigam — e dizem que o caçador as arranca do cativeiro, quando é ele que as coloca lá.

Já não uso meu nome de batismo, mas gozo quando me entram carregando partes do nome da Dona Iná. Danço sobrevivência. Cativo pela inocência que a maldade carrega.

*Assistindo aos que me assistem há uma pausa na*
*paulada que é tentar viver.*

Subo nele, meu próprio altar — onde me adoram e me sacrifico. Passos compassados, bem pensados, vagarosos e sedutores. Uma perna que desliza antes doutra perna que espera. O músculo da coxa brilha, eles rufam. Respiram o suor da minha pele como abelha que colhe o pólen. Alimento-os de mim, enquanto o fio dental prateado me enterra entre o Inferno e a Lua. O pedaço de tecido no meio da bunda protege o buraco. E são os meus buracos que eles desejam — não dar acesso os acende.

*Gosto de mãos, não de mães.*

Tateio a pele que envolve minhas tripas. O corpo responde ao toque, se arrepia. Os olhos dos sanguessugas não conseguem deixar de contemplar o leite queimando. A maleabilidade do corpo foi adquirida com treino — se dobrar por ela, me contorcer para eles. Abaixo, mas as pernas seguem eretas. A bunda quase nua reina absoluta, jamais obsoleta.

A arma do meu resgate fica escondida embaixo do tapete do palco onde me fizeram. Mamãe dizia que era por precaução, uma proteção contra eles.

*Ela não se achava Perigosa.*

Apalpo a carne, a minha carne, a nossa carne, mamãe? O furo da pistola sedento pelo dedo no gatilho e um outro dedo na ponta do seio rijo. A música repete seu refrão: você ainda vai me amar quando não for mais jovem e bonita?

Não vai, mamãe.

Acelero a dança, a intensidade, o desespero, o terror que me acompanha, enquanto teus olhos me alcançam, mamãe, enquanto me fitas. O que eu faço com as coroas frias, as faixas duras, as medalhas inúteis, as notas altas, o bom comportamento? A boa menina se tornou a menina boa em ser boa menina. O que foi que aconteceu comigo, mamãe?

*Sou eu quem vive no teu olhar.*

Se é isso, puxo o gatilho e nos liberto. A arma segue o destino já selado de quando nasci e nos estoura. Leite que derrama, sangue que não escorre. Você tinha razão, boneca não sangra, mamãe.

## 2

Nasci no dia em que Mozart morreu — Vovó Um dizia que Mozart combinava com morra-te. Nasci na morte de alguém que ouvia mais que bem e tenho pavor de barulho.

*Ouvir é morrer-me.*

A sala da recepção era bruta e higienizada. Minhas pernas não tocavam o chão. Como um corpo fica em suspenso?

Balançava as pernas para tocar o nada entre a sola suja de rua e o piso brilhante com o cheiro ardido de quem não tolera uma poeira fora do lugar. Mas o doente era eu, e era para isso que eu estava ali com aquele corpo pequeno de menina de poucas vidas e muitos silêncios. Se tolera bem quem tem medo de pó, porque o pó a gente toca, é oponente que a vista alcança. O barulho não. O barulho entra pelos tímpanos e retumba nessa tumba que a gente tem entre o buraco de entrar barulho e o buraco de sair toda merda que entrou. Por que ela não costurou os furos de entrada e saída?

Sibila sabe a resposta, mas se cala.

Nasci caindo. Mamãe não sentiu a saída, mas escutou o estrondo de um bebê em queda livre.

*Livre. Foi a única vez que usaram essa palavra para contar algo de mim.*

Tem um tampão que mora no meu ouvido. Meu tio, que trabalha levantando parede, disse que obra faz barulho e que precisa ouvir bem para se proteger do tijolo que cai errado por quem o colocou mais errado ainda. Já o fiscal da segurança insiste que ele use o tampão dele para proteger o tal do tímpano. Titio acredita que um tímpano de um corpo morto não precisa ser cuidado. Quem sabe ele tenha razão. O tímpano, acho eu, não deve concordar.

Já, já é a minha vez de levantar bunda de cadeira e marchar até matadouro. Mamãe soube pela vizinha que uma menina de idade de boneca morava no hospital que tem perto do cemitério porque o ouvido dela sangrava. Ela não usava tampão. A mãe sangrava pelo buraco do meio das pernas e guardava o sangue. Com cuidado assassino, depositava na orelhinha minúscula e chorava pro médico: Minha filha, doutor, o que ela tem? Médico nenhum consegue diagnosticar mãe que faz a gente sangrar.

Entramos.

Minha mãe foi logo se despindo e se sentando numa cadeira de abrir perna de mulher maior. Eu senti que o cara que estava com ela não gostou de passar gel no brinquedo que parecia controle remoto ou microfone e enfiar no buraco que eu saí, comigo ali. Ali no consultório, quero dizer.

— Tem problema não, doutor. A gente é sozinha no mundo, se eu não arrasto comigo, deixo onde? O senhor sabe que pode acontecer de um tudo com criança sem mãe.

*Pode mesmo, inclusive ser feliz.*

O homem de roupa branca e luva que protege pele de outra pele seguiu com o brinquedo dentro dela. Entre o aparelho e eu, um copo de água tombou. O barulho arrebentou a sala, meu tampão e minha vidinha miúda.

*Será que os dois meteram o brinquedo nos meus ouvidos?*

Eu nunca sabia se o barulho era de fora ou era de dentro. Meu corpo que se rompeu?

Sibila insiste que exagero.

A sala foi ficando menor do que já era, e os dois se afastavam de mim, mesmo estando na minha frente. Eles iam, e eu ficava. Seguiam suas falas que eu não mais ouvia. Não era raro me questionar se eu estava de fato ali.

A água que a gente carrega na garganta para não morrer de sede foi secando e deu jeito de brotar na pele. Um pingo escorreu do meu cabelo e chegou na língua. Tentei matar a sede com a água salgada que serve para os órgãos terem onde boiar. Seguia caindo. E queria gritar. Ninguém me ouve ou vê.

Olho para os pezinhos suspensos balançando. Meu corpo que não me pertence segue mexendo fingindo que funciona. Eu não funciono. Sou o mercúrio de dentro do medidor de temperatura que quando quebra se esvaziava e é coisa que ninguém consegue catar. Eu me morro, como vovó ensinava.

*É um tempo difícil esse em que não se alcança a pia para escovar os dentes, mas se tem habilidade para segurar a escova sozinha.*

Minha mãe me puxa pelo braço. E eu volto para o termômetro quebrado que sou.

— Já podemos ir.

— Boa garota! — disse o homem de branco. Acariciando minha cabeça com a mesma mão que brincou com a minha mãe.

— Nem sinal de vida aí dentro. Pode ficar tranquila, Iná. Criança nenhuma vai nascer de ti.

*Disso não precisávamos de uma consulta para saber, doutor.*

## 3

Se minha mãe é a filha da puta, como devem me chamar? Neta não tem o mesmo efeito. Filha da filha da puta? Vovó Um e Vovó Dois têm similaridades assustadoras e diferenças grosseiras. As duas mudaram os nomes por causa dos homens que decidiram amar.

*Amar alguém devia ser entregar partes do próprio Nome.*

A Puta, como mamãe chama a própria mãe, tinha o mesmo nome da senhora que o vovô era casado quando a conheceu no trabalho — no trabalho dela. Queria ser puta desde que não tinha pelos nos lugares misteriosos. As mulheres, mães das minhas amigas e amigas da minha mãe ensinaram que puta tem tempo para marcar a boca com vermelho. E à noite, enquanto essas mulheres esquentam prato desses homens, as putas esquentam suas camas.

*Cama quente é melhor que prato frio.*

Vovó Dois, a Santa, tinha um nome escolhido por sua mãe, esquecido por seu pai. Quando ele chegou no cartório, esqueceu-se e colocou um nome mais santo que o nome já santo que a mãe da minha avó tinha elegido. Ungida duplamente. Faltou coragem àquele homem, que não disse a ninguém sobre o nome que escolheu. Vovó Dois descobriu quando foi se casar com vovô que era ainda mais santa do que acreditou toda uma vida.

*. Um homem chega e muda tudo.*

As mulheres têm sempre e desde quando que apagar partes de si e pagar com o resto das partes que sobram?

*Mulher cala a boca para gritar com a retina.*

A rotina as ajoelha, devasta, deflora. Vovó Um tinha uma mãe que morreu cedo. Sorte a dela, desgraça da vovó. Ela matou a própria mãe, era o que pensava ou o que diziam. Dá na mesma. O que sei é o que me contam e o que nos contam não é o que sabemos, enfim? Nos contam da gente e a gente é o que contam. Contam as memórias que Vovó Um se negou à ir até a mercearia buscar batatas.

— Eu não vou! Tem um monte de rachada maior que eu. Por que eu tenho que ir no armazém? Se quer que eu vá, vou com passos de formiga. Quantos passos posso dar?

A mãe da Vovó Um deu poucos passos até encontrar um pedaço de qualquer coisa e arrebentar aquele corpo pequeno de seis anos. Dois dias depois, a mãe da Vovó Um morreu. Dois dias depois, minha avó teve certeza de que bater pé pelo que quer mata o outro. É batata.

A orfandade lhe presenteou com uma mão no seio. Sem mãe, foi acolhida na casa de uma tia, para ajudar com as coisas da casa. As coisas de mulher, lhe diziam. O marido da tia disse a ela que precisava batizar seu corpo para protegê-la de todo mal do mundo. A batizou com saliva. Foi senhor feudal de seu corpo. Antes eram de campos. Ali decidiu ser puta que pagam pelo corpo.

*Melhor do que ser puta que paga com o corpo.*

Sua irmã teve um destino diferente. Pagava com o corpo por uma vida de alguns confortos e muitos confrontos matrimoniais. Casou-se, e casamento, dizia, é um eufemismo para prostituição não remunerada. Que profissão não é vender corpo? As putas que recebem, ao menos, escolhem onde enfiam o dinheiro. A Vovó Dois dormia com um marido que escondia uma espingarda debaixo do travesseiro. Ela sempre soube olhar para baixo para seguir respirando.

*Um suspiro é um adeus.*

Em Deus ela acreditava, era Santa. E eu só pensava que quem casa com uma pistola deve acreditar mesmo é no Diabo. Um não vive sem o outro. Eu não vivo sem minha mãe. Para ela, são as mulheres que parem o mundo. *Parir é corriqueiro*, lembra dessa, mamãe?

*Difícil é parir a si, sem se parar pelo outro.*

Quando vovô Dois adoeceu, minha avó, propriedade dele, tinha ciúmes das moças jovens que cuidavam daquele senhorzinho virado em pele cheia de dobras e nenhum vigor. Com o tempo, a pistola não tinha mais bala, como o velho que não tinha mais vida. Unha, só de *nude*. Exaltava a nudez da unha. Pelos dedos protestava. Prostrada.

Usava um anel de duas pérolas, uma negra e uma branca. Vovó Dois havia me dito que carregava na mão sua própria letalidade. Ali residiam seus dois lados. Coexistiam em uma mão na unha cor de nada. Antes da mortalidade lhe alcançar, pedi que o artefato, algum dia, pudesse ser meu. Ela disse que podia, consentiu. Quando finalmente descansou, o anel da ambiguidade encontrou outros dedos.

*A vida é tão maravilhosa que, quando alguém morre, descansa.*

Quem carrega sangue de puta e sangue de santa decerto não merece uma joia no anelar. Anulada, como os nomes esquecidos ou abandonados das minhas avós. A voz delas, por sorte ou maldição, ainda escuto. Um anel com dois tipos de pérola, vale fortuna. Imagino esse, nos dedinhos de Sibila. A vida não é como a gente acha que deveria.

Olho o pedaço de lata que carrego no anelar. Presente de um namorado. Sinto que os passos de formiguinha de minha avó foram parar no meu estômago de miojo sem tempero. Nojo. Sorrio e agradeço, me despeço de quem nem fui.

Bela se apaixonou pela Fera porque não tinha mãe. Se tivesse, não se apaixonaria pelo carrasco do castelo, já que teria um outro na casa onde nasceu.

Ele era bonito e digno. Digno de pena. Feito criança que se perde no mercado, repetia meu nome como quem chama a própria mãe. Se as mulheres têm questões ancestrais, homens desconhecem a ancestralidade. Anseiam corpos, mas não conseguem colocar a ponta do pé no abismo em que uma mulher mergulha.

É o pau que autoriza serem sempre pequenos, desde pequenos. Vovó Um dizia, cheia de sua mais pura sabedoria: "Mão na teta adeus buceta". Com quatro anos, achava que buceta era tipo o coração da gente que bate para mostrar que existe.

*Será que uma mão com anel perolado dá adeus a um órgão vital?*

A semelhança de uma criança que morre porque prematura para outra que também morre, mas por madura, é o tempo que fica dentro de um corpo que a assassina. Tem criança que nasce em tempo e a termo, mas segue morta desse mesmo corpo.

*Nunca se sabe quando nosso nome deixa de nos pertencer.*

## 4

Olho a carne da minha cara e não me reconheço. Poderia ficar horas ali, siderada pelo estranhamento que minha própria face me concede. Não cedo à loucura que parece se olhar sem se saber e sigo procurando em mim o que é meu. Para Sibila não há.

*O pior roubo é o imaterial.*

Como uma foto revela uma pessoa que o espelho mostra ser outra? É possível não se reconhecer pela captura parada, tampouco se achar no espelho em movimento? Cada uma dessas duas não sou eu, e ambas são.

Recortava as fotos da minha cara sempre coroada. Distribuía minhas partes de corpo-pessoa e reconhecia cada uma delas. O nariz, a boca, as bochechas, os olhos, a testa. Vendo em partes quebradas, me sabia. O estranhamento vinha da junção desses cacos.

*Um espelho quebrado diz mais de mim que uma foto.*

Na matemática a ordem dos fatores não altera o resultado. No colegial, o professor de matemática chegava com uma moto grande — mamãe dizia que a moto era grande porque o pau era pequeno. Uma moto pode andar quilômetros, mas é incapaz de devolver meu olho de foto rasgada para foto inteira, para espelho que se movimenta. Escovo meus dentes brancos como o esmalte santo de Vovó Dois. E lavo minha cara com sabonete de bebê, como o sabonete íntimo de Vovó Um.

*Cada mulher sabe onde carrega seu tesouro.*

A série era a quinta, o papai, talvez o sétimo. Deixei de contar no quarto. Meu quarto tinha as paredes pintadas de rosa, mas se deterioravam a cada ano. Uma parede carrega a marca de uma história, como quando desenhei estrelas do lado da cama e, antes de dormir, conversava com as Três Marias — mamãe, Vovó Um e Vovó Dois. O abismo que as separava era diminuído pela gentileza de um quarto rosa com pelúcias sem olhos. Arranquei todos, os das Bonecas, mantive.

*Uma filha é obrigada a ver, mesmo quando não quer.*

Tal qual uma constelação, cada peça de uma família tem um lugar fixo. Se escapa, muda o céu e corre-se o risco de deixar perdidos, quem delas se serve na Terra. Todos os céus do mundo se servem das Marias.

No universo do meu céu, repetia palavras que não existiam para evocar o vento. Uma piscina vazia com borda de ladrilho preto era minha melhor companhia. Não há nada mais bonito que uma piscina vazia, aliás. Nas noites quentes, catava uma de minhas bonecas com vida sem nada dentro e dentro daquele espaço vazio era menina.

Tínhamos uma árvore grande no fundo, bem no fundinho. Por distante, era solitária. Eu gostava de acompanhar o movimento de suas folhas. Abraçava seu tronco que nunca consegui fechar com meus braços pequenos. Corria à sua volta com tanta frequência que um caminho marcou a terra seca que a amparava. Era verdade que, quando eu entoasse algumas palavras mágicas, o vento começava. O poder que uma criança tem é assustador. Só mamãe não respondia.

Atrás da árvore, um muro pequeno de dividir vida de vizinho. Uma divisão cômica, porque dali eu podia enxergar toda vez que a vizinha recolhia as roupas sujas do homem que ela escolheu, enquanto ele, chegava tarde e comia comida de prato frio. Mamãe me repreendia:

— Chega de assistir vida alheia, menina!

Ela não sabia que ver vida sendo vivida junto com Sibila era o que me mantinha rodopiando envolta da árvore aprisionada no pátio daquilo que costumam chamar de Lar.

Um dia o homem que era casado com a minha vizinha deixou de chegar. Minha mãe disse que ele tinha partido para outra dimensão e que eu deveria deixá-la em paz para viver o luto como se deve. Outra dimensão é como os adultos chamam a morte. Para eles é necessário acreditar que há algo depois de aqui. Criança sabe que é melhor que não haja um depois. A questão é que a nossa vizinha deixou de lavar roupa de marido morto e passou a lavar roupa de mulher Viva.

*Luto é uma coisa boa.*

A piscina só era vazia porque um dia foi cheia. Minha casa de brincar era lá. Todos os dias e por muitas horas, limpava as folhas da árvore minha amiga que decidia me acompanhar na brincadeira e se depositar entre a escada de entrar e o chão de afundar.

— Vá brincar!

Brincava de brincar como ninguém. E há cada pedaço de árvore que aquela árvore perdia, deixava de me sentir tão só. Ela, porém, num tempo de se renovar, se renovava. Eu não. As folhas não me brotavam, o caule não me sustentava. O tronco invisível, no entanto, me mantinha presa à terra seca que minha mãe era. Depois de toda plantação, a terra pede um tempo para recuperar o fôlego.

*Como chama terra que não dá brotos?*

Sempre era gêmea no que brincava. Mamãe dizia que, quando estava grávida de mim, tinha certeza de haverem ali dois corações. Que são três num corpo acompanhado. Quando um parasita se aloja num corpo, é dele que se alimenta. E eu estava lá, quentinha no lugar de guardar bebê.

*Um feto é um parasita.*

A bolsa estourou, e eu nasci por uma cesárea de emergência porque estava sentada. Mamãe não se conformou, tentou confrontar o médico. Onde estava a outra criança que não era eu? Ainda acredita que minha gêmea morreu e tentaram preservá-la desse sofrimento. Falavam da gêmea, possivelmente.

Algumas tribos indígenas, quando nascem gêmeos, matam os dois pedaços de carne recém-saídos porque acreditam que um carrega todo bem e o outro todo mal. Na dúvida de quem manter no mundo, aniquilam ambos.

*Qual deles vive em mim?*

Na manhã do mesmo dia que caí na terra, mamãe havia feito um ultrassom e lá dizia que eu estava em posição de nascer. Mais tarde não estava mais. Ela diz que uma virada assim é impossível. Papai achava que era meu desejo de viver. De certo eu sabia que a bolsa que parasitava não me aguentaria, e me afogaria, quando enfim estourasse.

*Um feto é um parasita que sabe o que está parasitando.*

— Onde está o outro que estava comigo dentro da tua barriga, mamãe?

*Engolimos.*

# 5

Na minha escola, uma amiga. As mesas redondas contavam que aquele era um ambiente protegido pelas nossas dessemelhanças que enfim nos assemelhavam. Ninguém ocupava o lugar na ponta da mesa. Essa minha amiga, era uma brasileira com traços do oriente médio. Olhos pequenos que é para não enxergar. Pele clara que é para parecer neutra. Cabelos lisos e escuros que é para contrariar as bonecas que moram em caixas. Carregava consigo a tonalidade que a diferença produz em crianças cuja maldade não foi lapidada.

*Criança é um serzinho cruel.*

Sentia inveja de como se escondia, de como os olhos não a encontravam. O banheiro era seu refúgio, eu a encontrava lá. Dizia-me que, quando a professora falava, um nó crescia no seu estômago.

*Como pode uma palavra amarrar nosso lado de dentro?*

Quando voltávamos para o nosso lugar-comum, nos sentávamos uma ao lado da outra. Sibila no meio. Queria proteger ela dos sons que o mundo faz. Numa dessas empreitadas entre o que o outro disse e aquilo que a gente escuta, ouviu que a professora a recriminava. O xixi escorreu. A sala inteira riu dela todinha. Eu quis rir, mas chorei. Com dez anos, essas coisas já não deviam acontecer

*Por melhor que seja o esconderijo, nossos demônios nos encontram.*

Não consegui entender de que maneira ela ouviu o que disse que ouviu, quando o que saiu da boca da professora foi uma outra coisa. Não teve nenhuma reprimenda, exceto na audição da minha amiga.

*O ouvido trai a gente, mas como ele vira um traidor dentro do nosso próprio corpo?*

Naquele dia, antes da hora de cada um voltar para sua vida privada, ela já tinha sido raptada pela mãe. Nunca mais ela voltou. A professora dizia que não devíamos nos preocupar, mamãe dizia que isso era uma bobagem. Eu achava que o xixi que escorreu pelas pernas molhou o uniforme e sujou o chão, inundou aquele corpo pequeno com tanta eficácia que subir à superfície não era uma possibilidade.

*Cada um carrega um mar dentro de si, alguns afogam.*

Os dias se passaram ainda mais tristes desde que ela se afogou em mijo e vergonha. Sentava-me à beira da quadra, à espera do abismo. Um menino de número maior que o meu puxou meu cabelo preso ao topo da cabeça. Mamãe tinha muito medo de que eu pudesse pegar piolhos, já que, como dizia, um piolho me vê a quadras de distância.

*Eu sempre atraí bichos que sugam.*

Esse menino se aglomerava com outros da idade dele. Eu me sentava embaixo da nogueira do pátio e catava nozes. É de noz que me alimento. Desde que minha amiga não pode voltar, repetia o mesmo recreio: nozes, uma pedra. Cata, quebra, come. Um dia, dentro de uma Noz, a podridão, apropriou-se do alimento. Uns outros bichinhos se alimentavam de Noz. O menino viu e passou a me chamar "come-bicho".

*Criança é um serzinho cruel porque consegue dizer o que o adulto esconde, mas não deixa de sentir.*

Pedi à mamãe que fizesse como minha amiga e não voltasse mais. O erro foi não ter mijado fora do vaso. Ela não concordou, é claro. Há muito me ensina que manter os inimigos perto é uma oportunidade de conhecer um pouquinho de si.

*Será que eu era a inimiga da minha mãe?*

A professora contava que a forma como eu tratava meus coleguinhas era encantadora. Se choravam de saudades de suas mães, eu sempre os acolhia. Mamãe dizia que eu os acolhia para amenizar a saudade que eu mesma sentia dela. Na verdade, me era evidente que uma mãe nunca tarda a chegar para nos buscar. Ou raptar.

A sereia é um ser místico que encanta pela voz, aprendi nessa escola. Era um livro com folha já amarelada, como linha na pele de gente maior, que marca o *tic-tac* do relógio batendo; o tempo passando. A doçura da voz da sereia isca os homens. Numa pedra qualquer, entoa o som que, quando os alcança, os desarma. Sem revólver embaixo do travesseiro seguem a sonoridade de uma voz açucarada e mortífera.

*Não morrem de mar, morrem de encantamento.*

Quem encanta pelo olho é o quê?

Na calçada da rua permaneço calada. Uma pipa sobrevoa o céu azul cinzento, enquanto as pedrinhas que costeiam o asfalto seguem sendo empurradas pelos carros que cruzam caminho, furando a rua. A velocidade junto com o peso cria trajetos invisíveis. Homens dirigem coisas que há muito faz caminho de gente-resto-que-não-é-homem percorrer. Dirigem máquinas, digerem pessoas.

Uma, duas, três pedras lançadas de volta no meio da estrada. Uma, duas, três, quatro, cinco me são devolvidas e eu as coloco, cuidadosamente, no lugar errado, subvertendo suas posições. Pedras são constelações na Terra. Eu e o meio-fio somos inteiros quando cumprimos nosso destino. Tino para caminhar na linha não nos falta.

*Tem força que não é forte o bastante.*

Do outro lado do caminho, a vizinha chegava em casa. Carregava mais peso no corpo que o peso já pesado das sacolas cheias de encher armário de mantimento. Uma sacola vazia é um armário cheio. Uma roupa encurtada é um armário cheio de mantimento.

*Feto alimenta, mãe?*

Naquele mês a roupa voltaria para o espaço vazio. O corpo dela não seria mais armário de mantimento. Lamento pela Boneca. O vizinho demorou sete vezes a sinaleira abrir e fechar para terminar de estacionar o carro que carrega fardos e é abastecido pelos fardos-trabalho de gente maior. Quando finalmente terminou, minha vizinha saiu de dentro da casa já sem sacolas nas mãos, mas com mantimento na barriga.

— Por que não me esperou?

— E de que adianta?

Virou o rosto para o meu lado. O perigo de uma pessoa te olhar é como pedrinha lançada de volta ao caminho desenhado pelos outros:

— Criança, isso é hora de estar na rua?

Tremi. Se eu conto, mamãe está f-o-d-i-d-a. Mentir pelos outros é dizer a verdade, afinal.

— Está tudo bem, é que eu gosto de ver estrelas.

Olhou-me com desconfiança e piscou. Ela sabia. As mulheres dizem as maiores verdades quando ficam de boca fechada. Achava que tinha algo entre todas nós que criava um pacto, e era um conforto, ainda que o trato seja selado com a dádiva do silêncio. Pisquei de volta como se fosse adulta. Estamos salvas, mamãe.

Durou um tempo mais, e eu do lado de fora. Olhei para o chão, as pedrinhas tinham aumentado em quantidade, mas pareciam menores em tamanho.

Quanto tempo se aguenta fazendo força para mudar caminho?

Quanto maior a força, maior é o pedaço de si que se perde.

Os gritos que vinham da porta da frente interromperam minha conversa de pedra. A vizinha chegou no carro antes do vizinho. Ela carregava uma maleta de mão pequena, uma roupa molhada no meio das pernas e uma barriga grande. Ele, as chaves do carro. Demorou mais sete sinaleiras abrindo e fechando para ele tirar o carro de onde havia estacionado.

— Ele está vindo do meu Ventre! — gritou para mim.

Tinha riso e lamento na voz. Senti tristeza por ela e pelas pedrinhas. Um "a" no fim da palavra diferencia quem faz caminho de quem muda forma. Ele ou ela é dádiva ou castigo.

A mulher precisa fazer força para nascer, mas quem nasce quando um feto sai da barriga? Mamãe dizia que a dor do parto é a dor do parto, como se não houvesse dor que pudesse ser comparada.

*É o filho que dá à mãe sua maior dor, sua dor única.*

Desculpa, Mamãe.

Dias depois a moça que tomou o lugar da minha vizinha voltou para casa carregando uma Boneca-Menino no colo. O menino de pernas compridas que sempre dirigiu o carro era o mesmo. Achava injusto a vizinha ter ido embora e essa outra tomado seu corpo para ela. Quando um bebê deixa de ser mantimento em armário, para onde levam a Mulher que lhe serviu de morada? Abandonei as pedrinhas.

Deu saudade da minha amiga que não voltou mais para escola. Ela vivia de dor e com dor na barriga. "Prisão de ventre", esclareceu minha mãe. Quando perguntei, minha amiga falou diferente: O bumbum era ciumento. Queria manter o cocô dentro.

— Não sai nunca?

— Demora, mas sai.

— Dói?

— Eu e meu bumbum sangramos de tanto que dói.

Seu buraco de fazer xixi era mais livre. E, sendo, foi o responsável por ela desaparecer. Quem sabe ser preso seja melhor que ser livre, só assim a gente não desaparece.

*Um bebê é merda presa que mãe caga quando não aguenta mais e precisa se alimentar de outra coisa.*

Eu já estava do lado de fora, do corpo e da casa. Levei um colchão até o pátio dos fundos, uma coberta e um travesseiro. Eu e o céu preenchido de estrelas éramos cumplices. Cada qual era preenchido com alguma coisa. Cada estrela cadente fazia teto na minha cabeça. Suplicava sempre o mesmo pedido, feito prato preferido que a gente tem medo de desperdiçar a chance de comer fora: por favor me devolva a gêmea.

*Paralisava sem o complemento. Dormia bem sem parede.*

Estava dentro do pátio
que estava dentro da quadra
que estava dentro da rua
que estava dentro do bairro
que estava dentro da cidade
que estava dentro do Estado
que estava dentro do mundo
que estava dentro da Via Láctea
que estava dentro do Universo.
Que não tinha espaço para comportar o tamanho de Mamãe.
Está tudo bem. É que eu gosto de ver estrelas, me repeti.

# 6

Acordei com um balde d'água molhando minha cara. Água gelada fecha os poros, ela me dizia. Mamãe sempre foi uma pessoa preocupada com os buracos do corpo se manterem fechados. Eu não queria me levantar, o Sol recém fazia seu céu cor-de-rosa alaranjado.

Era como ver pintura Viva de pintor de rua.

Convidei ela para contemplar. Nada.

Enquanto falava as palavras que eu nem sei o que significavam, a expressão do seu rosto significou todas elas num só lugar. Um rosto daqueles, tomado desse lado de Mamãe — que às vezes me pergunto se não é inteiro.

O rompante, o jeito que se põe em pé, ereta. O movimento das mãos em direção à cintura. O pior dos lados dela eu acessava pelos olhos. Olhava o olho dela com meu olho e enxergava meu olho na mirada dela.

*Se ver no olho do outro é uma percepção cruel.*

Quando aquele olho me olhava, os gritos da boca já não emitiam sons. Eu era uma filha de uma puta de uma criança que não se lembrou de acordá-la para entrevista de emprego que ela precisava para me dar o que comer, um teto para dormir, roupa para vestir. Mas eu também era a maldita da criança que não tinha pedido porra nenhuma de todas aquelas coisas que a assassinavam.

*Começo a entender que algumas palavras servem para várias situações, é a cara de quem as profere que dá seu significado.*

Por que, mamãe? Para que eu desci do céu para ser estrela morta feito pedrinha na beira do asfalto? Eu juro que não preciso de um teto ou alimento, eu só preciso não ser mais a filha da puta que os teus olhos enxergam quando olham nos meus. Será que ela se via quando o olho dela olhava o olho meu?

Só podia. Nem eu nem ela víamos uma à outra.

Vovó Um estava naquele mesmo pátio comigo. Foi depois que ela morreu. Cinza, cinza, cinza, tudo cinza. E vovó me chama de *netinha*, pedindo um abraço.

Olhei a cara de fora e era a mesma,
olhei a cara de dentro e era outra.

Pavor. O olho castanho com o branco que envolve foi tomado por um olho preto inteiro, sem branco nenhum. Um todo-preto. Tremi no sonho, mas continuava dormindo.

— Tu não és a minha vó.

Uma língua de cobra saiu de dentro de sua boca e ela disparou uma lança em minha direção. O sonho é uma cara de mãe sem som. Diz pela imagem.

*Menina que é acordada com balde d'água na cara só pode sonhar vó assassina.*

A lembrança me atormenta. Sibila ri. Enquanto as meninas que podem ser meninas da minha escola sonham com a boneca da propaganda, eu produzo matriarcas mortais.

Viajo no tempo, mais velha. Jogo um balde de água na cara da minha mãe para tentar acordá-la da bebida. "Tu é ruim, minha filha. De todas as crianças do mundo, tu é a pior."

*Acorda, mamãe! Como vai sair boa coisa de alguém como tu?*

Já tinha aprendido a falar essa língua de adulto, que xinga quando se machuca.

Eu só queria que aqueles olhos, mamãe, pudessem enxergar além do que o olho próprio é capaz de ver. E pode ser que a senhora não acredite, mas eu tentei tanto, mamãe, eu tentei tanto ser uma boneca de porcelana sem rachadura. Era como pedra, mamãe, como pedra! Quanto mais dura ficava, mais me quebrava. Nem todo rímel conserta pelo mole.

Retornei para esse tempo-casa com um balde sem água sendo quebrado em mim, nas minhas costas. Água não foi suficiente. Eu me escondia no meu lado de dentro com tanta facilidade. Difícil era discernir se o meu lado de dentro era meu mesmo. Achava que não.

Um balde só tem serventia quando carrega alguma coisa dentro, e só carrega alguma coisa dentro enquanto está sem rachaduras. Devo ser balde quebrado, sempre vazio.

Mamãe terminou de bater raiva de Vovó Um em costa de criança zero e foi fumar um cigarro. Depois de um prazer, um outro tipo dele chama a gente. Eu fui tomar banho ardido de pele aberta que quando a água toca, rejeita e limpa sujeira de dentro que tenta sair para fora.

*Tem quem goste de quebrar, tem quem goste de ser quebrada.*

Eu seria qualquer coisa que ela precisava que eu fosse. Meu gostar era esse.

## 7

O abominável é coisa que se acostuma. Será estúpido sentir o estômago se remexer por baixo do coração por causa disso?

*Morte é matéria prima estimada para um sem-fim de produções.*

— Deixa de ser uma inútil, vá buscar pão para o café! — disse minha mãe, tão mal o dia havia raiado. Eu coçava os olhos de remela, não lavei a cara e fui ser um pouco mais útil que o costume.

A padaria, que ficava no fim da rua, cheirava pele queimada de sol. A casquinha do pão é como pele de gente. Dependendo da exposição às quenturas, tosta ou torra. Era a mesma moça que me atendia: — Três pães para hoje?

Ouvi pais saindo de sua boca.

*Se fosse possível comprar pai na padaria, haveria de pedir não três, moça, um já estaria de bom tamanho.*

Com a cabeça, concordei. Ela saiu pela lateral, tocou meu rosto e disse que eu não deveria comer muito. Ela não sabia que comer muito não me era permitido, porque mamãe se preocupava bastante comigo. As roupas de menina precisavam servir por um tempo longo. Roupa de menina em corpo de mulher não é uma visão bonita, assim como o contrário. Pior que isso é ser pão que não cresce.

Fazer pão é uma arte. Alguns ingredientes e muita força para sovar a massa. Mexe, estica, puxa, estica, prova, lambe dedo, estica mais um pouco. Descansa.

*Sou massa de pão sem descanso.*

Em respeito às nossas semelhanças, comia casca sem miolo. Em obediência à mamãe, também. "O miolo é o que engorda", repetia todo dia.

A padeira parecia mais magra do que nunca. A cada dia, definhava mais um pouquinho — "É certo que tem uma mãe que se preocupa com ela", pensei.

Um corpo magro porque não tem o que comer é diferente de um corpo esquelético porque acha que não pode comer. A mordida amordaça o reflexo que se quer ver. Quanto mais mastiga, mais distante o reflexo do que se quer enxergar fica.

No café do outro dia, ela não estava lá. Mamãe disse que ela foi internada. A padeira foi internada porque não podia comer.

*Era doente de espelho como eu.*

Um pão para quem consegue sentir fome é alimento que sacia. Um pão para quem quer enxergar esqueleto em pele é cicuta pastosa.

*As pessoas têm o péssimo hábito de desaparecer.*

O vizinho da frente lavava o carro e a calçada naquela manhã. Sibila tem prazer em ver.

A sorte é escorregadia, feito água desperdiçada para lavar carro enferrujado. Enquanto mamãe aumentava corpo, eu crescia ao contrário. Cada vez mais esvaziada, cada dia mais oca.

Como a vizinha, há bem pouco, havia somado tamanhos na gravidez e depois subtraído medidas no nascimento, achei que era algo contagioso. Como a padeira havia sido internada por querer ser pequena, achei que podia ser algo comum, aumentar e diminuir tamanhos.

De qualquer maneira, recolhi meia dúzia de chás e fiz todos de uma vez. Não haveria de errar somando todas as ervas.

*Será que fervi as daninhas?*

Era frequente o incômodo da minha mãe por ter corpo que só incha.

— Eu tô desse jeito por não comer direito.

— O que é comer direito?

— Não ter que cozinhar para quem nem sabe lavar as calcinhas!

No banho, me despi. A calcinha mantive no box, e esfreguei até furar o tecido de algodão rosa.

*Pronto, mamãe já pode comer direito outra vez.*

O espelho do corredor que separava meu quarto do dela testemunhava nossos corpos mudando manequins. O peso que eu perdia, mamãe engolia. Isso deve contribuir para que não se alimente direito, acho eu. Preciso me esforçar para que ela tenha em mim do que se nutrir.

Para onde vão as partes da gente que o espelho denuncia não serem mais nossas?

*Para corpo de mãe que degusta morte.*

# 8

A planta do pé formava uma camada espessa de pele dura "e morta". Iná era sabida das mortes do corpo.

Cada rachadura parecia um mapa que se desenhava naquela base de pé de caminhar lonjuras. Acho que me apegava tão profundamente à ideia de morar numa casa para ver crescer alguma coisa na terra do mundo que eu cultivasse e que, enfim, florisse. O problema é que terra, quando seca, seca também a pele de pé que não gosta de sapato. Sentei-me na escada descascada.

*Tirar pele de parede é descobrir o passado da construção.*

De pouquinho a pouquinho, o amarelo-canário abria espaço para um verde-cor-de-menta. Uma formiga saiu dali apressada. Quanto tempo um bicho sobrevive entre a construção antiga e a mais nova? Ela não duraria muito tempo.

Em reverência, matei-a com a ponta do dedo, com unha igualmente descascada

Éramos irmãs de clausura. Fiz a ela esse favor.

A campainha toca insistentemente.

*O enterro da formiga vai ter que esperar.*

Uma porta de madeira e uma porta de grade separavam minha casa do restante do mundo. Eu não conhecia aquele homem que começou a chorar tão prontamente me enxergara.

— O que foi que fizeram com você? — Chorava, se repetia.

Não era uma visão agradável. Tanto ranho e lágrima naquele rosto. Tanta fala desconexa naquela garganta, como se os anos tivessem embaralhado o dicionário.

Interrompo:

— Não estou entendendo, o senhor pode falar devagar?

Continuou com sua fala entrecortada:

— A sua mãe...

— O que tem ela?

— Eu achei, eu achei...

— O senhor achou minha mãe? Grande coisa.... Não tenho nenhuma dificuldade em achá-la, já que nunca se ausenta.

— Eu sou seu pai!

Bati as duas portas em sua cara de velho tarado. Sibila discorda. Quando move a cabeça em nãos contínuos, sei que me recrimina.

*Homem insiste porque sabe como machucar. Desiste pela mesma razão.*

Ele começou a dizer por trás da porta que mamãe disse para ele que eu estava morta. Mentira não era.... Abri, permiti que entrasse, não no meu corpo como mamãe contava, só na minha casa descascada.

Contou-me sua versão. Ouvi.

*A verdade de uns é a mentira de outros.*

Seguimos, dois atentos às mentiras e verdades que outros nos contaram sobre nós. Dois massacrados pelas mentiras que decidiram tomar feito cápsulas de verdade. Cada mentira que se acredita é fermento para a vida que se deseja ter.

Eu era uma criança
que perdeu tudo
pelos dedos
de quem me fez.

*Ele era pai de criança morta.*

Não há palavra que descreva orfandade dos pais que perdem seus filhos. Amortizada — disse no lugar de amortecida. Um engano da língua, desengano sobre a verdade. Cada vez que o tempo aniversaria, a dívida do nascimento se agiganta. O juro não amortiza decrescente até o fim das parcelas. A cada doze meses um reajuste na conta. Impagável. É o que chamam de aniversário — e fazem questão de celebrar, não a vida, mas quem deu ela a quem.

Um dedo em um hímen. E se aconteceu não importa. Esse homem à minha frente não tentou provar o contrário. Partiu. E levou consigo um pedaço de quem eu poderia ter sido. Será que, se ficasse, traria a verdade à tona, como um tropeço na língua? Será que tampouco isso resolveria?

Uma vez contada, as histórias viram realidade. E que pode um pai frente às palavras de uma mãe? Eles são para os filhos o que elas quiserem. Vemos, invariavelmente, os pais pelos olhos das mães. E elas veem também por outros olhos. Ninguém é livre para ver, ainda que enxergue.

*A cegueira é condição dos que têm alma.*

Dona Iná via-o perigoso, fraco e abusador. Eu também. Sua partida selou sua própria verdade, sem que a boca sequer o traísse. Que belo pai o senhor é.

Choramos os dois. Em quem eu deveria acreditar? Como se fizesse alguma diferença. A gente acredita também no que quer, afinal. Enquanto ele detalhava minha morte pela boca da minha mãe, fazendo conexões certeiras com as datas que mudamos de cidade, senti uma ponta erguida de meu pé seco. Uma pele assanhada pedindo um carinho especial. Comecei a puxar as peles duras da sola do pé de criança abusada-morta-enganada. E lembrei.

*Tirar pele de pé é desencobrir um passado de destruição.*

Tinha por volta de três anos, meus pais brigavam na cozinha. O assunto: eu. Papai ficaria semanas fora, mamãe arremessou-lhe comida quente. Ele antecipou as semanas. Nos mudamos dias depois.

— Tu poderias ter me procurado, ido até a polícia. Quer mesmo que eu acredite que sequer tentaste?

— Eu, eu, eu.... Me desculpe. Tu sabes como é a tua mãe.

— Eu sei.

Silenciei para não continuar abrindo pele de coração que bombeia sangue de pai fraco. Deixei que continuasse contando as mentiras que precisou acreditar. Quem sou eu para julgar? Já acreditei em tantas.... Continuei arrancando as peles do meu pé seco.

*Aprendi como me fazer sangrar, e sentia um prazer corrosivo no que me doía.*

As linhas de pele morta foram avermelhando a base. Ergui o pé para ver.

— Merda!

As linhas antigas fazem as mesmíssimas marcas na pele mais nova.

*Não há crueldade maior que ser livre dentro de um cativeiro.*

Papai seguia chorando mentiras. Já era um homem velho demais para se haver com a própria participação naquilo que fizeram comigo. Mãe que consome vida de filha tem pai esquecido como cúmplice.

*Herdei o sangue covarde do meu pai.*

# 9

Duas coisas na escola me rendiam as maiores alegrias. Correr e ciências. Naquele dia a gente havia de escolher com o que se ocupar durante as férias que se aproximavam. A professora de ciências cochichou no meu ouvido: "Tenho certeza que teu trabalho será impecável". Eu não sabia o que aquela palavra significava, mas desconfiei que era coisa que Deus aprovaria. Um rechaço ao pecado.

— É, deve ser isso. — Me certifiquei enquanto observava os olhos compassivos da professora.

Em casa corri até a cozinha, onde a Dona Iná costumava fazer morada. Lá tem um cantinho com o formato dela já. As paredes e ela faziam parte de uma mesma construção.

*Mamãe sempre teve o dom de se homogeneizar ao que quer que fosse.*

Uma capacidade incrível de ser ela com outra coisa,
outra coisa com ela.
Jamais uma e outra.

Lancei a mochila em cima da mesa, fui abrindo seu zíper como quem puxa uma cartola mágica.

— Mãe! Preciso me organizar para apresentação do trabalho de ciências! — contei-lhe cheia de uma alegria que só a ciência e a corrida me davam. Ela ficou como estava. Imóvel. Olhava a janela que dava para o pátio.

— Mãe! A senhora ouviu? Preciso da sua ajuda!

— Mããããããe!!! Eu pre...

— Fica quieta, menina! Essa tua mania de interromper minha vida é insuportável.

*Será que todo filho interrompe a vida dos pais?*

Pus a mão na mochila, fecho o zíper e coloco nas costas. Deixei mamãe sem minha interrupção. Seus olhos já haviam me dado as pistas de que eu precisava.

*Ela não estava ali.*

Em meu quarto, Sibila e eu conversávamos com as estrelas que nos respondiam. Iná invade:

— O que você queria? — E aí seguiu sua fala infinita como o céu. Seus problemas eram tão maiores que os meus. Eu só precisava pesquisar um determinado assunto e apresentar. Mamãe tinha que sustentar a casa e a mim. Foi a primeira vez que vi minha mãe chorar.

*Uma lágrima de mamãe é tsunami no mar.*

Até hoje ela não sabe o que apresentei na escola.

Massinha de modelar caseira. Uma coisa que uma mão molda não deveria ser pecado para Deus. A tarefa em si não foi nada difícil. Eu era íntima dos processos de mistura que formam uma massa homogênea e manipulável. Dá para fazer de tudo com uma massinha daquelas.

Fiz uma menina sorrindo. Modelar uma risada me era assustadoramente simples. Aprendi a dizer o que os adultos gostam de ouvir:

— Como quiser.

Quando me perguntaram de onde vinha minha curiosidade no assunto, lembrei-me de mamãe sentada em seu lugar habitual na cozinha, olhando para o lado de fora. Mamãe sentia-se presa àquela casa, àquele cômodo, àquela realidade. Tínhamos tanto em comum, ela e eu.

Disse-lhes que sorriso é a maquiagem de criança menina, feito batom em criança adulta. As palavras foram saltitando da minha garganta, rasgando minha goela sem nenhum pudor.

— Sou como massinha de modelar, só que quem brinca comigo é minha mãe.

A professora elogiou muito meu trabalho. “Genial” parecia uma coisa boa. A cretina era uma traidora. Pecou como Deus não gosta e chamou minha mãe no dia seguinte, para terem conversa de mulher grande que se preocupa com menina pequena.

*O pecado é a única justificativa para gente grande acreditar em Deus. Eles não confiam nas próprias vontades.*

Comi comida cuspida naquele dia. Mamãe achava que era uma forma didática de encenar minha ingratidão.

A professora deve ter jantado o habitual, regozijada, com seu bom trabalho em proteger as crianças de seus lares desestruturados.

*Uma santa pessoa.*

Às vezes, quem quer ajudar
nos arranca
a pouca alegria
que resta

Que não me tirem a possibilidade de correr, adormeci repetindo.

Que não me tirem a possibilidade de correr
Que não me tirem a possibilidade de correr
Que não me tirem a possibilidade de correr
Que não me tirem a possibilidade de correr
Que não me tirem a possibilidade de morrer.

# 10

Sonhei com Dona Iná.

Sibila gargalha. Nasceu sádica.

Não bastava que ela habitasse todos os cômodos da casa, agora decidiu entrar no meu mundo de sossego. Ela se comunicava com meu lado de dentro, sem pedir licença. Outras vezes o devorava. Feroz.

*Quanto poder uma Mãe tem?*

No sonho, o mundo era consumido por uma onda gigante.

O mundo
era o bairro
em que cresci,
entre a casa e a escola
entre mamãe
e as vovós
entre as mulheres combatentes
e os homens abatidos
não sobrou nada para contar a história de uma cidade que sucumbiu às forças bestiais da natureza

*A mesma força que faz crescer vida, a destrói sem piedade.*

Restamos nós duas, cada uma tentando recolher pedaços de casas destroçadas.

Um prédio alto seguia em pé. Corri até ele, um lugar para me abrigar. Olhei para trás e mamãe me seguia. Quanto mais eu corria, mais veloz ela se tornava.

Só que ali,

por alguma razão que desconheço,

trazia uma certeza inédita:

ela não me alcançaria.

Suas mãos não chegavam, seus braços não eram longos o bastante, suas pernas não sabiam correr.

*Ela era só uma pessoa.*

Cheguei ao edifício antes dela. Num instante, estava no terraço. Dali, naquela distância e altura, a vista do horizonte me concedeu a quietude que sempre procuro sem achar. Uma praia em seu lugar, sem fazer onda de arrasar cidade.

Pude ver quando Dona Iná entrou no amontoado de tijolo que fica em cima de tijolo que carrega cimento que faz morada de mais de uma pessoa. Suava que nem o excêntrico da rua que usa lã no verão. Ela ou eu? Ela e eu.

O prédio tomba. Mamãe se parte em dois. Acordo.

Corri pela casa chamando por ela.

Por essa palavra pequenina

que anula nome de pessoa

e determina posição:

— Mãe! Mãe! Mãe!

*Há coisa mais assustadora que a liberdade?*

Em frente de casa, conversava com a vizinha, segurando os pães do café que eu mesma deveria ter acordado antes para comprar.

A sua capacidade de ser doce aos olhos do mundo me enlouquece.

Decerto, distribuía tanta doçura porta afora que não sobrava nada porta adentro. Abracei-a pelas pernas.

O tsunami do meu sonho veio parar na minha cara de menina pecadora que sonha mãe morta.

A vizinha sorriu. Falhou em fazer do sorriso nosso cúmplice. Em sua expressão, a pretensão de querer se fazer empática, como se entendesse minha agonia, como se soubesse o que se passa em casa que mora duas meninas em uma.

Dona Iná faz um carinho que arranha a minha cabeça. É zelosa.

— Foi apenas um sonho.

Estremeci imaginando que ela verdadeiramente havia entrado no meu crânio pelo buraco da boca. Como poderia ter tanta certeza? Deixei de tremer porque essa possibilidade nem era tão insana.

*Mamãe vivia dentro de mim.*

Entramos. Agarrada em suas pernas desde a rua, ela movimentou o corpo e empurrou para longe meus braços que se enroscavam ali. Antes disso, lambeu os dedos, fez uma cruz na minha testa, repetiu palavras de uma língua que não conheço, como eu fazia para me comunicar com Deus abraçada na árvore do pátio. Ele respondia ventando.

— Pronto. Agora você está protegida. Nenhuma oração é tão poderosa quanto uma oração de mãe — disse, enquanto esfregava os dedos lambujados de sua saliva abençoada na minha pele.

Senti asco. Sentia a cada vez que esse ritual se repetia. Como quando deixei de mamar no peito e ela insistia que eu bebesse seu líquido de colher, já que não podia chupar teta.

— Com tanta criança sem ter o que comer...

Era asqueroso, mas bebia cada gota que expurgava de seu corpo.

O gosto não lembro, a temperatura sim. Quente.

*Entre a pele e a carne tem o quê?*

Leite.

## 11

Hoje é meu aniversário. Eu ainda gosto deles, embora tenha uma sensação constante que me acompanha: esse gostar, uma hora ou outra encontra seu fim. Como tudo, sempre acaba acabando.

*E aniversariar não se é acabar mais um pouquinho também?*

Acordei cedo e remelenta, disposta e temerosa. Desconfio dessa mania de menina insistente. Essa mania sem nenhuma razão. Sem complemento. A padeira já saída de sua internação deu-me um brigadeiro. A condição? Não dividir com ninguém. Achava esses presentes os mais presentes. Dar algo a alguém que só esse alguém pode desfrutar. Quem dá essas coisas desfruta da cara que a gente faz. Cara de riso.

Três pães na sacola, manteiga que havia acabado. E é isso. Leite, mamãe pedia direto do moço que traz leite de vaca, não de caixinha. Uma diferença absurda: um processo químico aqui, outro ali, e o leite de vaca vira leite de caixa.

Leite de mãe não passa por isso, e é por isso mesmo que, quando a gente deixa de mamar nela, mama na caixa do leite de vaca. Leite é coisa que não se acaba, contrariando todas as outras.

A mesa do café da manhã era coisa imensa. Duas cadeiras, dois pratos, talheres para dois. Uma mamadeira de leite e outra de café. Onde mamãe mamava não tinha bico, ela chama de xícara. Coisa cara, pensava. E se tinha coisa bem tratada era aquela xícara que ela ganhou da Vovó Um. Na verdade, a minha avó tinha devolvido esse presente que mamãe fez criança, quando ainda mamava leite de vaca.

— Trouxe o pão fresquinho, mamãe. — Enquanto tirava a embalagem de papel de dentro da sacola plastificada.

Sentei-me no meu lugar. Amava ter um lugar meu. Na mesa, sempre tive. Recebi um beijo na testa. Era curioso como testa era parte de corpo que mamãe vivia tocando. Ou com as mãos, benzendo, ou com a boca, beijando. Em todas as vezes era quente, quente como leite. Mamãe parecia tão inofensiva com sua xícara de foto e coração.

Talvez fosse, menina! Talvez seja tu quem a olhe com olhos de condenação — meu de dentro que disse. Eu seguia olhando para a mãe que tive naquela manhã.

Nesse dia, tomávamos café juntas, independentemente do que acontecesse. O Mundo podia desabar do lado de fora, e às vezes, desabava mesmo. Já tinha vivido aniversário com clarão de raio. O raio é um aviso de que a tempestade se aproxima.

*Cada pessoa também descarrega os seus raios por aí,*
*só que nem sempre a gente percebe antes. Perdemos a*
*chance que nos deram de procurar abrigo.*

Ouvi palmas, mamãe também, pela cara que me fez. Nos meus aniversários, as pessoas me dão semblantes que me alimentam até o próximo ano. Corri para porta, enquanto o leite da mamadeira tremia pelo movimento abrupto, mas seguia protegido pelo frasco de plástico e ponta de teta.

— Vovó!

Abracei-a sem porém. Que é como os abraços deveriam ser, mas nem sempre.

Vovó Um entregou-me um cubo mágico de dois lados apenas. Um cubo diferente do que habitualmente se encontra. Tem tantos cubos comuns, de três peças alinhadas, uma ao lado da outra. Essas três com as outras seis formam as nove facetas de uma mesma cor. Quadrilateral, de três em três em três. O meu não. O meu era especialmente mágico. Duas linhas, que de duas em duas em duas formavam sua face. Amarelo, azul, vermelho e verde. Fiquei de quatro!

— Não tem lugar para mim nessa mesa? — pergunta vovó com cara que ninguém gosta de ganhar.

*Será que quem dá cara de desgosto gosta?*

Minha mãe mudava como céu tempestuoso na presença de Vovó Um. Eu desconfiava que entre elas a história fez sua maldade habitual — essa comum como cubo de três. Dona Iná levantou-se de seu lugar e vovó o ocupou. O olhar de mamãe disse tantas coisas com a boca costurada.

Mãe e vó têm línguas outras que o buraco da boca não comporta. Fica no ar como onda invisível, como vento que balança folha.

— Minha filha...

O céu se abriu mais uma vez. O tempo parecia nos dar uma trégua. E cada vez que ouvia isso, com aquela voz que era uma voz outra, me sentia a criança que tem consigo a mãe com maior amor do mundo.

Eu era a Filha daquele "minha". Prenhes uma da outra. Meu, minha, nosso. Aniversariamos.

Vovó Um olhou sua antiga xícara que agora carregava o café da minha mãe. Antes que o pensamento virasse voz, mamãe a interrompeu, sem terminar de se dirigir a mim, como pareceu momentos antes:

— Eu peguei de volta porque tu nunca usaste. — E senti o sabor ardido do que a gente engole não completamente, do que fica entre a garganta e o estômago.

*Vaca rumina, adulto também.*

A tal peça era branca, com uma foto que parecia eu, mas era minha mãe, e embaixo escrito em vermelho: "A melhor mãe do mundo".

Acho que as crianças precisam acreditar nisso para sobreviver. E, no entanto, era confuso que ela falasse em melhor mãe quando a foto era dela e a xícara seria para vovó.

*Tem gente que não sabe dar presente.*

Quando se cresce um tantinho mais, esses presentes viram vasos de plantas, ou se quebram, ou os perdemos, como perdemos tantas coisas. Só que minha mãe inaugurou uma outra possibilidade.

Depois de crescidos, deixamos de acreditar no que acreditamos noutro tempo. E é aí que resgatamos a prova da nossa inocência.

O olhar de vovó em minha direção também conversou com meu de dentro. Soube que ela não daria continuidade àquela questão, que dizia de outras coisas que não aquela maldita xícara.

*É que os adultos se colam em obviedades para não falar do que não é óbvio.*

E era óbvio que as duas queriam socar uma a cara da outra. Até eu queria. Nosso café da manhã foi delicioso.

Fiquei por horas com aquele cubo desgraçado que ganhei. Passei a odiar tanto aquela porcaria, e, quanto mais odiava, mais me empenhava em separar aquele amontoado de cores misturadas. Se uma face ficasse toda amarela, as demais eram pura confusão. Não se discriminava nada. Quando desses outros lados me empenhava, o amarelo se estragava todo, voltava a ser mistura.

*Quando arrumo um lado, me perco no outro.*

A vó era inventiva. Inventava possibilidades que jamais existiram. Senti raiva por me dar esperança. Esse tapa na cara que deixa a bochecha vermelha e faz pele de rosto formigar. A marca não sai com facilidade. Perdura. Até que some, mas não desaparece completamente. Faz morada entre a carne e os órgãos.

*Esperança é a palavra que inventaram para gente seguir correndo na esteira que é viver. Quilômetros sem dar um passo à frente.*

Pedi à mamãe que fotografasse vovó e eu. E não devia ter feito tal pedido. Para mamãe, eu numa foto sem a sua presença é uma sentença de desdém. Eternizar uma cena sem ela, um atentado terrorista.

Ela chora no quarto, enquanto enxugo suas lágrimas com papel higiênico, ao mesmo tempo em que juro que não é menos importante por eu querer uma foto com vovó, ao passo que me sinto cruel, ingrata, incapaz de ter empatia por essa mulher que fez tudo que pode por mim. Enquanto estraga meu aniversário com sua chantagem lamacenta.

Vovó decide partir. É o que todos fazem quando mamãe e eu juramos fidelidade eterna uma à outra. Só temos uma à outra.

Vovó fez papel de mãe e puxou a orelha dela. Não literalmente. Olhou-a dos pés à cabeça, como quem se decepciona com a própria produção. Se mamãe é filha de vovó, olhar para ela era ver o que dela saiu. Aparentemente a obra não lhe despertava orgulho, senão que desprezo.

Senti tristeza por mamãe. E vi ali, naquela troca de delicadezas, a face obscura daquelas mulheres-cubos. Tão cheias de facetas misturadas, tão entupidas de si mesmo, tão ensimesmadas.

Não podiam ser outra. Marcadas em vida até a morte.

Mamãe me presenteou com a Xícara. Seu pedaço de Filha que desistiu de encontrar na mãe a melhor mãe do Mundo, e passou a ver nela a mãe que tinha. Deve ter doído.

Nunca ganhei nada tão bonito. E infeliz.

*Nossas mães pequenas alentam a mãe adulta que nos resta.*

Guardei o cubo numa caixa, como fica guardado leite de vaca. Lutar é tão inútil hoje quanto foi ontem.

# 12

O móvel sem serventia não cansa de ser descanso para o pó. Gente grande dizia que o tempo das crianças é outro; é lento. Que vivemos infinidades em algumas horas que adulto não vive em anos. Comigo não era assim.

*Eu era feito o móvel.*

Os dias só passavam em nossas rotinas. Seguíamos com cafés da manhã de três pães para duas pessoas. Mantínhamos nosso segredo urgente. A realidade das nossas horas não mudava um centímetro de lugar.

Nossa pia seguia segurando o que a torneira pingava, mesmo que o vizinho da frente se empenhasse nela, como se empenhava em ter olhos de maldade para minha mãe. Dona Iná gostava muito de chamá-lo para consertar, e, dias depois, afrouxava a vedação da torneira. Chamava o homem mais uma vez, e ali trocavam olhares.

*Eu sabia que eles queriam se entrar.*

No começo ficava feliz por eles, ver minha mãe olhando para outra pessoa parecia um alívio. À medida que o alívio chegava, o desespero também me fazia morada.

Tantos anos
tendo tantos olhos,
sem ser vista.

E agora essa Vaca decide que não vai mesmo me ver, independentemente do meu esforço diário. Independentemente da minha medalha de primeiro lugar.

Na corrida,
no salto em distância,
na poesia,
na oratória,
na feira de ciências

Cada um desses pódios me esbofeteia. Eles tomam vida própria, conversam comigo, riem do nosso escárnio. Riem não, gargalham. Se andassem, as cordas das medalhas se enrolariam em meu pescoço, apertando até que as veias explodissem.

*Um verdadeiro ato de caridade.*

Uma exposição acontecia, anualmente. Talvez a única coisa além daquela vida de subir no pódio. A minha cidade gosta muito de prestigiar carne. Os bichos são organizados em celas, com tanto feno a mais do que poderiam comer, mas lá, a lógica era outra. Quanto mais gordos, mais valiam.

*A mãe dessas vacas devia ficar apavorada. Outros comendo a carne que ela produziu, sem que sobrasse nem um pedacinho para ela.*

Mamãe e eu fomos, como todo ano. Como pipoca e ganho balões nesses eventos, o que dá a minha mãe a ilusão de sermos mais uma família comum entre tantas outras. Dessas que as crianças exploram sua perversidade, enquanto os pais riem segurando balões que custaram em torno de trinta reais, e que, no dia seguinte, criança nenhuma se interessa em brincar.

Essas crianças sabem que não lhes faltará ar guardado em plástico, jamais.

Deve ser horrível.

O sol de fora atrapalhava minha chuva de dentro. O chão era lamacento, e os homens pisavam pesado com suas botas de atestar virilidade. Acho que eles se sentiam oprimidos pelos bois cujo sêmen era vendido a preço de ouro.

*Carne de vaca vale menos que porra de boi.*

Ninguém parecia se preocupar com elas. Quem ganhasse uma medalha presa à pele com cola recebia algum dinheiro maior. O algoz mudava, o preço da carne também, só o jeito dos homens enriquecer era o mesmo: vender corpo que não o dele.

*E cada corpo vale alguma coisa.*
*E todo corpo paga com a vida.*

Em frente ao curral de fazer dinheiro havia uma churrascaria de fazer a mesma coisa. Dessas que se fala alto com música ao fundo que é para ninguém ouvir o dente rasgando carne de vaca recém morta.

*Depois do sêmen, é o tapichi que mais custa.*

Tapichi é como chamam carne de feto bovino. Com um choque elétrico na testa, matam sua mãe. Lembro que mamãe gosta de testa, da minha testa. Vê ali o alvo de seu amor mortífero. Depois de mortas, essas vacas mães são abertas com faca afiada como navalha, um bisturi de abrir barriga de mãe vaca. O feto vaca é arrancado de dentro e costuma ser assado em brasa de fogo feito no chão. Essas vacas ainda têm a decência de morrer de choque. Aqui morrem de sangria.

Um golpe certeiro
no pescoço,
e muito sangue
escorrendo
até o coração
desistir de bater
até o olho
começar a escorrer lágrima

*Vaca chora por receber facada de quem lhe deu feno.*

Cada gota de sangue de feto vaca colore a terra. É um enterro só de líquido e osso. O serzinho é descarnado na frente dos clientes ávidos pela inocência. É uma selva no meio da cidade.

*A selva dos civilizados é um palco de sacrifícios aceitáveis.*

Enquanto o líquido vermelho misturado com sal e carne assada escorre da boca pro queixo, parecem respirar melhor. É um deleite assistir ao banquete. Alguns cachorros latem sedentos pelo pedaço que os concerne. Lambem os focinhos, farejam desesperados.

Não vejo diferença entre cachorro lambendo focinho e homem limpando queixo com dedo e enfiando na boca depois. A cara que os dois fazem é de prazer extremo.

— Isso é carne de verdade — dizem com carne na boca, com a boca semiaberta.

Brindam mortes, bebem sangue, mastigam vísceras.

Escapa a mosca que pousa. A delicadeza de suas patinhas é imperceptível na brutalidade chamada de Festival. A mesma mosca recém havia pousado no cocô do cachorro. Eu também lambia os lábios vendo bicho homem comer Tapichi contaminado com bosta.

— Hummm, carne macia. — Quase gozam. Se é que não gozam.

*É que bicho homem sabe que carne não nascida não endureceu com a vida que levou.*

A ordem é a seguinte: sêmen, tapichi, depois vitela. Vaca mesmo não entra no rol das preciosidades. Vitela é a vaquinha recém-nascida. E é vitela até completar doze meses. Depois disso, vira só vaca. E vaca, quase não vale nada.

Mamãe e eu não tínhamos cacife nem para tapichi nem para vitela, muito menos para sêmen. O garçom se vestia todo de branco. Era como roupa de açougueiro manchada de sangue. Vestido de noivo, desfilava no salão da coprofagia. Carne com fezes de cachorro é mesmo uma delícia.

Uns respingos
da carne suculenta
faziam desenhos
na virgindade perdida,
daquela roupa antes alva,
daquela roupa antes limpa,
daquela vaca antes viva.

O garçom explica o cardápio, detalhando o movimento do corte. A carne parece responder a como matam o corpo que ela habitava. Depois de morta, segue respondendo conforme a faca cumpre seu papel, quando em mãos habilidosas.

Eles todos, com suas vestes, manuseavam bem o utensílio doméstico. A maciez, a suculência, a aparência da carne, totalmente dependentes de como o ser foi abatido e desmantelado.

Desviei o olhar, não queria saber dessas obscenidades. Só queria comer. Mais ao longe, enxerguei uma colega de vida marcada. A vaca me olhou e parecia me entender tão profundamente. Como mais ninguém ousou tentar. Deitada em seu berço de muitos mil reais, atarraxada entre o céu e a terra.

*Vi nela a resignação que era minha.*

Os olhos contavam suas dores. Mastigava sem viço. O movimento da boca era automático. Acho que sabia a que veio ao mundo, tinha mais consciência disso que muitos adultos. Não fingia ter o domínio de seus pedaços.

*Era livre em seu curral.*

Mamãe escolheu o que eu ia comer. O dela malpassado, o meu ao ponto. Ao ponto de morte. Ela cortou a carne que eu ia comer, picadinha, como papinha de neném. O sangue do bicho misturado ao arroz branco me lembra do garçom. Enfio na boca mais rápido do que imaginei. Senti nojo por não ter repulsa. Que gosto bom a morte tem.

À minha amiga vaca, pedi desculpas enquanto comia, frenética, um pedaço de uma outra, talvez sua irmã. Comi mais rápido pensando que fosse sua mãe. Olhe para mim, vaca! Eu como a tua mãe, e a tua mãe é macia, quente, sangrenta e apetitosa!

*Mastigar quem se desculpa, vaca, enquanto é mastigado por quem te ama, é ironia das mais grotescas.*

Poderia hibernar depois da orgia alimentar que se sucedeu. Mamãe comia diferente de mim. Às vezes fechava os olhos, parecia ter prazer até picotando a peça. Demorava-se. Aproveitava. Era sensual vê-la comer assim. Se se prestasse bastante atenção aos seus trejeitos — e eu prestava — era possível ouvir cada mordida, cada movimento que a carne fazia em sua boca. Depois escorria pela garganta, fazendo saltar sulcos em sua pele. Só quando encontrava seu estômago ela largava os talheres.

Milésimos de segundos

apenas sentindo
o pedaço da vaca
dentro dela.

Senti um desconforto embaixo da barriga. Uma pontada, como faca furando carne. Baixei os olhos, mas não havia ninguém me furando a céu aberto, em plena luz do dia, num festival de pessoas decentes.

— Mãe, eu vou até o banheiro. — Ela nem se prestou a responder. Estava possuída pelo sabor, inebriada pelo ato. Canibalesca, insana, carne de verdade.

O banheiro fedia a vinagre e naftalina. Nem Sibila aguenta, e ela é feita de material duro, quase sem furos. Comer carne de bicho não é ruim, afinal. Ruim é cagar isso. Quando baixei a calcinha, a mancha denunciava minha iniciação.

Vermelho e marrom
misturados,
formando uma cor nova,
um novo tom.
Cor-de-sangue
com carne comida.
Cor-de-carnificina.

Com doze meses, a Vitela vira Vaca, com doze anos, menina que sangra pelo meio das pernas vira Mulher.

*Menstruei o sangue da vaca que engoli.*

Já posso ser mãe também.

## 13

Mudei de escola e de casa. Vovó Um construiu um anexo no pátio dela. Não ter dinheiro, vovó dizia, nos impede de ter todo resto. Só que mesmo sem ele, algumas pessoas conseguem viver sem anexos. Mamãe não conseguia. Eu me pareço com ela.

A nova casa, sem janela para os fundos, era feita de tijolo sem reboco. Era crua, não mentia. Foi construída em dois meses — e eu me lembro disso porque foi todo o meu período de férias da escola velha.

*Será que os meus coleguinhas vão sentir minha falta?*

Eu sinto a deles, sem nem ter começado na nova. Minha mãe explicou que não era uma escola melhor, mas a melhor à nossa realidade. Isso deve significar que é melhor, no fim das contas.

A casa. Conectada à da vovó por um corredor sem uma das paredes, como uma longa varanda. A porta, de ferro, tinha uma janelinha de vidro. Eu achava aquilo ridículo, porque o mundo lá fora, que antes tínhamos, ficou resumido ao pátio da Vovó Um. O mundo lá fora virou o corredor que nos levava até ela.

A sala e a cozinha num só espaço. Ao fundo, uma parede com uma porta no meio. E lá, nosso quarto. Nosso mesmo, já que se tratava de uma grande peça sem divisórias. Não dormíamos juntas, eu nunca consegui. Deitar-me com alguém me fazia suar, mesmo no inverno. Depois que minha mãe adormecia, eu pegava meu travesseiro e podia dormir de verdade.

O banheiro? Uma coisa interessante. O único cômodo com rejunte e massa corrida, pintado de branco. Para acessá-lo, precisava subir um degrau. O lugar dos dejetos ficava um passo acima e bem rebocado. O box que conheci virou cortininha, a privada, a única coisa igual.

*É que adulto parece saber que não importa o acabamento, cada coisa tem sua função.*

O banheiro precisava de acabamento porque tem cruezas que, cruas demais, ficam insuportáveis. E lugar que se caga, mija, vomita, também é lugar de lavar corpo e escovar dente. Ou fazer maquiagem, como mamãe.

Ela manuseava os pincéis com uma destreza única. Eu me recostava no canto da porta, olhando para ela pelo espelho. O mais indizível era a linha preta que desenhava nos olhos. Nem médico com bisturi alcança o traço cirúrgico de mamãe.

A força que meu corpo já não tão pequeno tinha, colocou móvel-parede no nosso quarto. Uma estante azul, vazada, com alguns de meus pertences. À sua frente, minha cama, e ao lado uma cômoda que mamãe e eu lixamos e pintamos. Trocamos os puxadores antigos, colamos um papel autocolante e colorido nas gavetas, e pronto. O móvel velho com cupim parecia novo.

Eu gostava de abrir as gavetas para me lembrar que nem todo papel colorido do mundo apaga a história que o móvel viveu.

Em cima da cômoda, um abajur. Não era confortável estudar ali. Ela não tinha o furo que deveria como a escrivaninha. E furos são importantes. Meu joelho roçava nas gavetas toda vez, e toda vez eu as olhava lembrando que eram gavetas mentirosas pelo lado de fora. Verdadeiras pelo lado de dentro.

Observava mamãe.

— Opa, Iná. Tu e teus encarceramentos! — disse enquanto fazia malabarismos na pia sempre cheia. Louça limpa escorrendo. Uma torre criativa de utensílios domésticos. Lembrei da vaca que morreu com um desses.

*A gente tem, afinal, tudo que precisa para ser morto dentro de casa. Para ser vivo, tem que buscar fora.*

Ela disse isso como se fosse outra dizendo para ela mesma. Achava curioso que o plural habitava sua língua e contraditoriamente o sujeito oculto também. Nem tão oculto, pois o nominava com seu próprio nome. Como se a voz tentasse falar com ela, como dois num só discurso. Ela e o oculto dentro dela.

Eu também tinha esse mesmíssimo modo de dizer. Por causa disso achava que o oculto dela era a Vovó Um, assim como o meu era ela.

*Tomo chá, tomo nota de suas palavras, tomo conta de seu mundo. Tomo no cu.*

Vovó Um havia adoecido severamente. Mamãe queria cuidá-la, ficar mais perto, para o caso de uma emergência que só mamãe daria conta de resolver.

A gente inventa qualquer coisa para acreditar nas mentiras que conta. A gente vive a vida pagando dívida que assumiu quando nasceu. A gente paga à vista o pão da padaria, mas parcelado o corpinho do útero.

Já me preparava para o primeiro dia de aula. E me irritava profundamente de ter que atravessar casa de Vovó Um antes de respirar o ar da rua.

— É assim que vais no primeiro dia?

— Sim, vó.

— Boa sorte.

Eu vestia uma bermuda branca, uma camisa rosa, os cabelos presos no alto da cabeça e presilhas em excesso. Cada uma dessas presilhas formava um X.

Quando cheguei lá, entendi as palavras da minha avó. Aquelas meninas pareciam ter abandonado suas bonecas sem recheio antes de mim. Falavam de garotos como se os quisessem. Acho que queriam. Eu também queria, mas queria o rubor na cara de quem olha para um moço bonito e só ruboriza por saber que jamais vai acessar. Jamais vai se acender...

*Elas ardiam em roupas colegiais.*

Beijo de língua no recreio, grupinhos com muitas gargalhadas pretensiosas. O mundo virou do avesso em dois meses. Sentei-me sozinha no intervalo. Elas me olhavam mais com curiosidade do que interesse, e como riam. Era como se eu fosse de um planeta diferente. Se extraterrestre existe, com certeza se sente como eu, aqui na Terra. Sobretudo nesse colégio.

Uma delas se aproximou. A malícia é um sentimento que a gente toca no detalhe do olhar de quem nos mira. Assim ela me olhava.

— Gostei do penteado — disse, quase rindo com o maior número de decibéis na História. Ao menos na minha.

*Por que mamãe não aparece? Aqui jaz uma urgência.*

Agradeci o elogio, como se fosse verdadeiro. Disse-lhe que, na viagem de férias, havia visto as meninas usarem no litoral. Sou uma boa mentirosa. Se tem algo que aprendi até aqui é que a humilhação verdadeira não reside na gargalhada. Mora em escancarar o que o outro não tem. Tripudiar sobre uma realidade que jamais poderá viver. Pobrezinha, tão fraca na sua maldade. Não deve ter tido uma boa professora.

Tomei consciência nesse dia que precisava fazer comigo, como mamãe e eu fizemos com a gaveta da cômoda. Reformar. Meu de dentro já parecia entender de mundo doente e que adoece.

*Mudar de roupa é vestir maquiagem.*

Em casa, joguei as presilhas no lixo do banheiro, onde se acumulam essas coisas inúteis que ninguém quer ver quando vai colocar casca de banana no lixo da cozinha. Sei separar lixo.

Mamãe não entendeu a mudança, tão repentina. Como se existisse coisa repentina, mamãe, como se eu não viesse aprendendo há tanto tempo esses detalhes escabrosos e sobre como dá para conhecer uma pessoa remexendo seu lixo. Como quando encontrei um frasco de remédio cheio, vencido, de uma dor de cabeça constante e inventada. E eu te entregava toda vez que me pedia, onde quer que eu estivesse, mamãe. A tua doença sempre me fez voltar para ti.

*Se morássemos separadas, eu construiria um anexo.*

— Filha, foi bem na escola? — Era tão maravilhosa quando não era péssima.

Olhava-a na busca de algo que talvez ela nem sequer conhecesse. Na sua contradição, encontrava humanidade. Na sua certeza não.

— Sim, mãe. Como foi teu dia? — Era tão maravilhosa quando não era péssima.

— Tudo bem também.

Por que não falávamos a verdade? Mais tarde ligou seu rádio choroso. O som que dele saía, só podia ser de quem sente dor. Bem ao seu ladinho, entre a mesa de jantar e a pia, ela se acomodava. Não usava cadeira, sentava-se em um banco baixinho, escondida. O ritual me alertava sobre o dia que tinha vivido. Meu lixo contava de mim, o banco baixo contava de mamãe.

— Escuta, escuta a letra dessa música — implorava. Queria que ouvisse com surpresa a letra velha, do som velho, do banco velha, da mãe velha.

— Eu sei mãe, já conheço.

O que eu não conhecia eram as dores que carregava cada vez que aquela música tocava. Cada vez que puxava o banquinho. Mamãe ficava menor, comprimida, não pela altura, pela lembrança. Dizíamos nossas verdades sem pronunciar uma única palavra sobre elas. Outras letras diziam melhor.

— Eu vi as presilhas no lixo.

— Não vou usar mais.

— Que bobagem. São tão bonitas. Tu sempre gostaste delas.

— Não gosto mais.

— Eu não te reconheço.

Juntei as presilhas do lixo. Voltaram a importar. Como pode um negócio tão pequenininho carregar tanta beleza? Nem me importava que estivessem contaminados com os restos do corpo presos ao papel higiênico. Se pudesse, engoliria aquelas presilhas.

Delas fiz um chaveiro, prendi na mochila. Que eu mantenha perto e que eu nunca me esqueça. Por causa delas, me tornei irreconhecível para minha Mãe.

*Foi o melhor elogio que recebi.*

## 14

A menstruação deixou de comparecer. Meu corpo desconfia a supremacia dos intervalos. Nem todos entendem isso. Devo ser esperta. Ainda que sujeitada. Minhas carnes se atêm às pausas como cachoeira que morre alguns períodos.

Usei de minha voz mais doce, teci alguns elogios. Fomos às compras, mamãe e eu. É um desafio, mas não ofendo a faceta que tento encobrir: sair com ela me alimenta também. A gente se conhece pelas indicações que fazemos uma à outra.

O elogio é a maneira mais eficaz de convencer um imbecil de que ele não é um idiota qualquer. Ele é um idiota com bom senso estético e vai acertar a melhor roupa que eu devo vestir.

O tecido, a estampa, o comprimento, o caimento, o corte.

Nesse lugar de vender pedaços de pele, a vitrine chamava atenção pelo apelo.

A boneca do tamanho de mulher adulta tem uma das mãos estendidas. Os dedos são delicados, como se ela flutuasse. Imaginei que, sabendo de sua imutabilidade do corpo, escolheu uma pose que a tornasse atrativa. Ela não tem rosto. É proposital não vermos outra para vestirmos nela o que nos convém.

*A boneca da vitrine, por caber em qualquer corpo,*
*não pode ser ninguém.*

Converso com ela e me sinto louca. De todas as formas de me sentir, essa é, definitivamente, a melhor. Porque louco que é louco, mamãe dizia, veste blusão no verão e fica pelado no inverno. Louco é livre. A gente que tenta aprisionar eles. Não por serem um risco, mas porque não suportamos olhar uma liberdade que nunca poderemos experimentar.

Minha mãe gosta muito dessa Loja. A moça que nos atende é sempre a mesma. A boneca da vitrine também.

Aquele vidro transparente, iluminado até demais, só para garantir mais olhos. E ela lá, esquecida. Uma teia de aranha se forma em seu pé. A teia fica entre o pé de boneca e o piso.

A aranha mora no prego que a enterra ali.

— Você acha que é o prego que a segura? — a aranha me contamina.

Não quero pensar nisso porque me coloca o compromisso de parar de me queixar. Volto à boneca. Ela reclama, como eu. Conta-me sobre sua vida toda num caixão de vidro dois por dois. Antes dali, era matéria derretida, passou para um molde. Viu várias irmãs como ela, não convive com nenhuma. É solitária. Escuto-a com atenção tentando amenizar nossas semelhanças. Ela é uma mulher que conversa comigo.

*Entupida de palavras naquele corpo vazio, lapidada para ter medida certa.*

Dedilho as araras porque gosto de tocar. Enquanto passeio pela loja, minha mãe conversa com a moça, sempre a mesma, sempre igual. Há anos que ela não envelhece. Ela também se parece com a boneca. Cato duas camisetas largas.

Mamãe decide experimentar algumas peças e me convida para entrar com ela no provador. Entro. Minha mãe se despe com tanta tranquilidade. Eu me viro de costas.

— Não seja idiota! Não te esquece que tu saíste de dentro de mim. Não tem parte desse meu corpo que não te conheça.

Não respondo, aprendi com ela. A cabine, um cubículo. Um cubículo menor do que o da boneca da vitrine. Espelho por todos os lados. Para não ver mamãe sem roupa, olho para baixo. Enxergo seus pés. Ela não carrega um prego, nem uma teia de aranha. Quando se apoia na ponta dos pés, é bonito. Mamãe é uma mulher que não sabe que é bonita. Sua nudez me atordoa. Saio apressada, não sem antes ouvi-la dizer:

— Eu só queria tua opinião.

Não minta, mamãe. O que tu querias era a confirmação de que tinhas acertado a peça, o tamanho, a cor, o corte. E então nos abraçaríamos como duas amigas. Não somos, mamãe.

A atendente me olha.

— Como você está?

Como eu estou é uma pergunta capciosa. Quem é que sabe dizer como está?

*A gente mesmo parece pouco se importar com a gente mesmo.*

Assim que minha mãe sai da cabine quadrada de vestir pele nova, eu entro. Carrego comigo duas peças, experimento por cima da outra que já estava usando. Essa outra por cima da pele que uso há anos, sem envelhecer, sem mudar, sem desenvolver, sem ser outra coisa, sem ter a possibilidade de ser outra coisa. Sou coisa.

Disse à minha mãe que as duas ficaram boas. Ela duvidou. Achava que eu fazia por birra. Porque queria a ofender usando roupas duas vezes o meu tamanho. Meu lado mais sombrio consegue rir disso. É obvio que uso roupa para duas.

— Que tal essa para você? O amarelo te ilumina!

A gente veste o que o outro nos oferece?

— Prefiro essas, mamãe.

— Ah, não! Essa aí te engorda. É larga demais. Então pega algo mais justo.

Disse-lhe que ela poderia escolher. Não me importava. Talvez se eu me empenhar mais da próxima vez. Chamei-a pelo nome. Mamãe odiava que eu não a chamasse de mamãe.

— Não me chame assim! Não esquece que eu ainda sou a tua mãe.

E quando não será? Como eu poderia esquecer? Cada célula que faz de mim o que sou conhece nossa história. Sabe dos nossos segredos. Reconhece até o que ousa tentar deslembrar.

Mamãe prefere que a chame de mamãe porque dizer mamãe não é dizer seu nome. Achava que dizer seu nome evocava um espírito maligno. Ela achava. Eu não. Eu gostaria de conhecê-la de outro lugar. Saber da sua vida não sendo filha. Paraliso no pensamento que me acoberta. Como um espírito que possui o corpo de outro, meu pensamento aniquila a loja, as roupas, a mamãe.

*Vou escrever cartas para Dona Iná.*

Olho mais uma vez para a boneca da vitrine, ela chora. Uma lágrima escorre em sua face fria e uma gota de sangue brota entre a minha pele e a unha. Quero me machucar quando algo me excita. A boneca deve ter consentido com a minha audácia, já que se emocionou com a possibilidade. Saber mais da mulher, menos da mãe.

Assim como as carnes, as roupas contam algo pelo corte que recebem. Os estilistas são reconhecidos em função disso.

*Uma mãe deixa de ser mãe quando é mulher?*
*Uma mulher deixa de ser mulher quando é mãe?*

Tinha medo de qualquer uma das respostas. Qual era o corte da minha mãe? Seu estilo? Sua vida? Antes de mim? Soava arrogante, mas carregava intrínseco esse saber: Depois de mim, Iná era outra.

Após meu nascimento, ela retirou o útero. A cesárea, de emergência, apontou para o corpo frágil de mamãe. Outra gestação poria a vida dela em risco. A verdade é que eu quase matei a minha mãe. E o que sobrou, eu acabei de destruir, aniquilando com qualquer possibilidade de ela ter mais um filho, mais uma filha.

Quando falávamos disso, mamãe dizia que só a ideia de ter outro filho lhe causava ojeriza.

O útero
que minha mãe
teve
só hospedou
um corpo.

Depois,
ela se desfez
dele, o Útero.
Do corpo
Não.

Não sabia ao certo se mamãe não desejou outros filhos porque eu lhe dava qualquer coisa que ela precisasse, ou, se, apenas, não queria repetir a dose de tortura que é ter um filho que faz o próprio corpo se destroçar.

— Vamos levar a amarela, mamãe — digo-lhe como quem levanta uma bandeira de paz. A paz do derrotado.

— Que bom! Agora tu não vai te arrepender... — E sinto o veneno de sua ameaça, tão sutil, tão bem articulada, tão impregnada do seu estilo próprio. Uma navalha em mãos habilidosas são as palavras proferidas pela boca de uma mãe.

*Arrepender não. Arrebentar, quem sabe?*

# 15

Como é simples aparentar ser outra coisa. Uma piada aqui, uma letra de música pouco conhecida ali, uma roupa iluminada acolá. Sentia-me o bobo da corte da escola nova, mas um bobo da corte que, por tantos cortes invisíveis, soube sugar respeito e impor espaço. Em pouco tempo, pertencia àquele novo mundo como se a terra daquele pátio fosse minha criação. Meu pó misturado ao pó de muitos.

Todos os meus poros tateavam o recinto. Aspirava as vivências prematuras. A menina de presilhas se aposentou, e eu me apossei. Eu a traía, desrespeitava sua história, sucumbia. O desejo de fazer parte, de sumir na multidão, de aglutinar, de ser lembrada por uns, esquecida por outros era maior que a memória saudosa da inocência dela.

*Adeus, criança.*

Como numa família, a escola também é um lugar onde cada peça do tabuleiro joga conjuntamente. Quando uma peça se movimenta, as outras se desesperam. O rei quer continuar erguido, a rainha também. Os súditos, então, dançam e desfilam, de um lado a outro, até o bobo ser arrastado ao xeque-mate. Há um desfiladeiro à vista, é bem verdade, porém, mais insuportável que a queda é ficar fora da jogada.

Observava de longe, como se não estivesse incluída ali. Tentava me iludir, quando até minha tentativa abortada só engrossava ainda mais o caldo da experiência juvenil.

*Rei e Rainha governam porque cada súdito segue*
*sendo súdito. Segue sendo*
*sanguessuga. Segue sendo sugado.*

Dito isso, alguém precisava ocupar meu lugar de estranha. Acho que sou uma alma caridosa, pois convidei a criatura para ser minha dupla em um trabalho de geografia.

Passávamos longas horas juntas. Ela me explicava sobre mapas, fronteiras e a possibilidade de colocar um pé em cada país, simultaneamente. Eu sabia tudo aquilo, mas outra pessoa falando o que eu já sabia era um conhecimento diferente. Já que as notas altas me eram comuns, por que perder a oportunidade de aprender sobre coisas que a professora jamais perguntaria?

Um corpo
é um continente,
com fronteiras
não tão claras
com mapeamento
não tão demarcado
com rios
não tão descritos
com mares
não tão nomeados

com língua
não tão compreensível.
Um corpo
fala a língua
do país estrangeiro.
A palavra
não se traduz,
mas nem por isso
deixamos de ouvi-la
no corpo
não tão contido.

Em pouco tempo, a estranha, minha dupla, se vestia como eu. Como eu bem entendesse. No dia da apresentação do trabalho, minha boneca com víscera e movimento estava linda. Não usava presilha na cabeça, mas uma faixa cor-de-rosa com listras caricaturais de um presidiário, eu emprestei. Cabelo em ordem, roupa justa, um corpo contido e morto. Mamãe sorriu, orgulhosa dos meus cuidados. Somos tão parecidas, mamãe.

*Sinto fúria por estar alegre.*

A amada da minha amiga tem olhares de amor para minha mãe. Uma lembrança me invade, amarga. Recordo de mamãe contando sobre as massagens que fazia em mim para que eu não tivesse o nariz dela.

— Você era um bebezinho tão adorável. Eu podia ficar a vida toda moldando aquele nariz pequeno e esparramado.

E, com essas palavras mágicas, alongava meu pequeno órgão externo de respirar como quem esculpe uma obra de arte. Já as orelhas, colava com fita adesiva, pressionando a cartilagem para que eu não tivesse orelha de abano. Ou de abandono.

Regresso a este tempo, nessa casa de paleta cor de barro. Nessas paredes-estúdio que abafam som berro. As duas seguem trocando delicadezas e me dirijo até o espelho, como quem leva carro até posto de gasolina, quando o marcador aponta que o combustível está na reserva. Ergo a camiseta amarelo-iluminada. Embaixo dela está a faixa de compressão que ganhei de mamãe quando menstruei.

*O problema da mulher mais crescida não é o sangue que escorre, é o corpo que esparrama.*

A faixa feita para marcar cintura de boneca estrangula minha barriga, que há pouco era cômico se estivesse saltada. "Barriguinha de verme", dizia mamãe. Crescer é um salto. Só a queda que eu não sei se é maior.

*Cintura de boneca* retumba na minha orelha já crescida e contida que não abana, graças ao poder de esculpir e dizer corpo que mamãe tem. Acho graça, mas me custa caro.

*Minha mãe luta severamente para eliminar em mim o que nela não gosta.*

Depois do espartilho que impede que eu me partilhe, vem a pele de guardar órgãos. De tão apertado, a pele pelada fica marcada. Feito gado, feito vaca. Me encaro no espelho.

— Tem alguém aí? Tem alguém aí?

Acesso minha loucura quando me vejo me olhando. É de um estranhamento brutal, tanto pelo que se vê quanto por parecer estranho.

— Tem alguém aí?

Encaro novamente. Meus olhos se afastam da minha cara. A luz entra pela janela. Se fecho os olhos, me enxergo do avesso. Sinto um clarão avermelhado. A luz transpõe a pele, me coloca cara a cara com o sangue que meus olhos carregam. Deve ter alguém aí. Por favor, tenha alguém aí.

E acontece. O olho sangra transparente. E, só por não perder a capacidade de sentir a dor de uma compressão eterna, sei que não me acostumei a ela. Luto para que continue doendo, para que a marca siga incomodando, para que alguém aí dentro vire alguém aqui fora.

Tinha pouco mais de quatro anos quando quis ver o tamanho da agulha, o formato da seringa. Contrariava a moça do posto de saúde, que tentava fazer malabarismo com o corpo para eu não enxergar a agulha. Ia sentir alguma coisa, mas queria ver a coisa também. Disse à moça: preciso saber o tamanho da agulha para saber o tamanho da coragem. Ela ficou confusa, mas cedeu. Era uma coragem decepcionante de tão pequena. O estrago maior era o ferro furando a pele. Parecia maior. Só dessa vez, não chorei levando vacina. Entendi: é o lado de dentro que faz o furo ser mais dolorido.

*Abro os olhos e me enxergo, esse é o tamanho da minha coragem.*

O tamanho do tanto que permito que me furem, enquanto dizem que é para me proteger.

# 16

Vovó Um me deu um binóculo com um tripé. Devo ter subido um degrau grande, já que esse presente tinha três pés. Todos os três sustentavam a base de uma só lente. Três pernas e um olho. Assistia àquela vida que não era minha daqui da Terra com a certeza de que elas, as estrelas, me olhavam de volta.

O céu parece um saco furado. A gente vê a vida que ele tem pelo furo, pelo rasgo. Saco atado mata estrela, encapsula brilho, impede explosões luminosas que marcam o breu infinito. Cada marca no céu me é uma lembrança adocicada. Até a imensidão pode ser localizada de pedaços.

Depois de apresentado o trabalho com a amiga que moldei, o riso escuso dos veteranos foi um bilhete de entrada no céu dos privilegiados. Nos olhávamos reconhecendo o lado vil que dissimulávamos. Eu só não desrespeitava aquela minha parte que se perfilha na mazela, e, por isso mesmo, acolhe quem padece de realidade.

Entre a escola e minha casa havia um longo terreno abandonado. Por vezes, parava ali para ver os galhos das árvores quebrando vidraça. Cada golpe era como um braço socando clausura para abrir respirador.

*Árvore cresce o tanto que é de sua natureza, desde que não lhe falte espaço.*

Naquele dia escutei miados frágeis. Fino como sino, desesperançoso feito sina. Olhei para os lados, me certificando que minha invasão não seria testemunhada e adentrei o matagal da cidade de tijolo. O som aumentava a cada passo que eu dava. Cada vez mais quente, cada vez mais acelerada.

*Foi a maior insanidade que fiz desde ter nascido. Outra loucura.*

Um gato, abandonado, pequeno, frágil, irritante. Um gato, deixado, inspirador, curioso, corajoso. Mamãe jamais permitiria, tento me convencer. Sou fraca comigo mesma. Sei que outro entre nós é uma impossibilidade, um descaminho da rota, um desvio no molde. Buraco no saco.

Soco meu destino invisível e bem demarcado, tentando produzir micro-ondas imperceptíveis à visão. Pego o bichinho no colo. Calo a voz da minha mãe dentro da minha cabeça de invasora de lugares privados, ladra de animais. Resgato o felino por egoísmo. Seu miado me atordoa, mas me pacifica. Me desespera e movimenta. Me mutila e cicatriza.

— Como vamos te chamar? Nome besta não serve. Besta é nome interessante. — E o gato me olha com seus olhos com arranhão no meio. Seus olhos que carregam fissura.

Cessa o miado e examino seu corpo como quem faz uma perícia laboral.

— Sinto muito, gato. Trabalho árduo, é bom que o corpo esteja inteiro.

E estava. Uma criaturinha largada, com tudo no devido lugarzinho. Será que teve as orelhas coladas? O nariz moldado? A cintura marcada? A vida destruída, mamãe?

Não parecia infeliz, já que gritava por socorro. É o problema de ser pequeno. A gente acredita que quem nos enfia leite goela abaixo salvou nossa vida. Quando muito, salvou a própria, esvaziando os excessos na boca do serzinho indefeso.

Gato maldito! Não sabe ficar quieto para seguir respirando? Mia, mia, mia. Tão inocente em sua ingenuidade.

Combino com o bichano que ele fará silêncio até que eu atravesse o vale das sombras que era a casa da Vovó Um e o sem-fim de interrogações distorcidas dela. Como língua avessa, escorregadia. Deslizava palavras como poucos. Perspicaz, astuta, perigosa. Genial.

Felizmente estava em atendimento. Em atendimento é quando vovó cobra um valor alto para dizer algumas palavras a quem a procura. Ela joga tarô. Nunca para mim. Por carregar o sangue que ela carrega, havia um bloqueio ético, dizia. Só tinha o direito de uma única leitura na vida. E vovó era fiel às suas decisões. Eu não queria desperdiçar a leitura do meu futuro com um futuro já tão bem decidido. De qualquer modo, sempre lhe dizia que, na próxima semana, seria minha vez. A semana seguinte era um repeteco da anterior, e meu futuro ficava para depois.

Corri com o gato até minha casa. Os astros da vovó compactuaram com a minha doidice e tiraram a mamãe de casa. Só eu e o gato, e me ocorreu talvez precisar arrancar suas cordas vocais. Um sacrifício necessário.

*Por nós, perderia a voz.*

Dessa vez será o príncipe que entrega o som do que produz em sua garganta e nasce em sua boca para ficar com a sereia. Que cena. Não cortei as cordas vocais do gato, e decidi chamá-lo de Gato.

Servi uma tigela de leite morno, sem ferver. Gato lambia o líquido como quem encontra água no deserto. A ânsia por se manter vivo me assusta. Cada lambida é uma gota de vida que abocanha. É voraz em sua fome. Um gato cuja falta funda o desejo de se alimentar. É diferente de ser cheio de vazio de si. Gato lambe até a última gota.

Depois, diarreia contínua. Não acostumado às farturas de uma casa com mãe, se alimenta para além do que precisa. O corpo deu jeito de ejetar o excesso. Repetiu o movimento circular de encher e esvaziar por três vezes, e, em todas as três, fiz questão de permitir que ele se regozijasse pelo excedente. Aprendemos na dor, mamãe entoava como mantra matinal.

Recordo do vizinho construindo uma gaiola para uma pomba que quebrou as asas num voo incerto. Passou um dia inteiro martelando tela, serrando madeira, medindo abertura. Empenhado na tarefa de salvar bicho quebrado. Quando finalmente terminou a jaula, não soube manusear a ave com delicadeza. Largou a coitada em queda livre e ela morreu dentro da gaiola feita para salvar sua vida.

*A vida é tão irônica quanto morrer na gaiola que dizem nos salvar.*

Observo Gato, que abandona a tigela e passa a me seguir pela casa. Mostro nosso quarto, as divisórias que criei, o banheiro um degrau acima, a cozinha com sala, e a porta de saída que não sai para rua. Ele é um gato, mas parece entender o que explico com cautela. A cama de mamãe é zona de guerra. Uma vez dentro, difícil escapar do campo minado.

Mamãe não se importou com a presença dele, contrariando a versão dela que eu tinha em mim.

*Mãe só é pior quando não é pior do que imaginamos.*

Achou feio e estúpido, mas disse não esperar outra coisa de mim. Seu desprezo eu lambo como leite na tigela. Desde que eu mantenha os dejetos de Gato longe, tudo bem trabalhar para alimentar mais uma boca já que trabalhar para alimentar uma boca que não é a de mamãe é tudo que mamãe faz desde que cometi a desvairo de nascer.

— Não achei que tu fosse deixar eu ficar com ele. — E escorre veneno nessa denúncia do tipo de mãe que ela é.

— Não achou que eu fosse deixar ou quis que eu não deixasse? — E escorre veneno nessa denúncia do tipo de filha que sou.

De repente mamãe fala escorregadio como Vovó Um. Nosso sangue carrega o dom das palavras voadoras como lanças ao léu. Uma mudança no vento e o que era feito para ferir o outro, volta como flecha perfurando nossa garganta de produzir mortes. Estilhaça feito espelho e imprime desenhos muitos no que antes era unidade, e agora é caco.

— Nossa, mãe! Tá azeda, hoje, hein?

— É azedo porque é verdade. Não vai nem me agradecer por eu ter deixado tu ficar com esse bicho? Tu já viste se ele tem pulga? Geralmente esses bichos sem mãe acabam sendo invadidos e tomados por tudo que é tipo de peste.

Ela acha que mãe não invade, não toma e não é pestilenta. Se prestar a alimento é um problema de quem come ou de quem é devorado?

Sinto Gato me recriminar pela semelhança que carrego com aquilo de que reclamo. Sou mamãe com seu nariz. O desgosto parece prover a força do nosso ódio, que não é menor que a doença do nosso amor.

Não conseguimos trocar mais de duas frases sem azedar feito leite esquecido em cima da pia em um dia quente de verão, enfadonho de existência, cansado de ser. Os dias são entidades com vidas próprias. Todas as vidas parecem rir da minha cara. Exceto Gato que sabe rir quando é engraçado, chorar quando dói, e, principalmente, se ausentar e calar a boca quando me canso dele.

Tão pequeno e tão sabido do mundo. Gato era um leão que precisou ser gato. A casa onde deixaram seu corpo de caçar alce não cabia nele. Então se apequenou. Carregava rugido, entoava miado. Seu reinado por leite morno.

*Corpo governável se molda aos moldes em que o colocam.*

Era curioso vê-lo desfilando pela casa. Quando se cansava da minha presença vigilante, se enfiava debaixo do sofá e eu podia tentar dissuadi-lo com o atrativo que fosse. Gato não era raso. Sabia manter distância de mãe que afoga no leite, que afaga pelo sufocamento.

Observava Dona Iná. Não havia pratos ou talheres na pia. Não havia nada que a própria pia, reluzindo de tanto brilho. Impecável. Nem sinal de ter sido em algum momento maculada. Limpa, alva, areada. Ela seguia esfregando nada em movimentos circulares e obsessivos. Tinha fúria nas mãos sujas de tão límpidas.

— Mãe?

Nada

— Mãe?

Nada

— Iná?

Olhou-me com os olhos da Vovó Um. O medo sinaliza que o corpo existe.

— Não me olha com essa carinha, mamãe.

— Essa minha vida é um inferno. Tu esperas que eu te olhe como?

Com amor. Mas não disse. Era como se conseguisse me arrancar as palavras antes de pronunciá-las. Por estar no meu de dentro, como formularia uma única frase que não fosse atravessada pela sua existência pesada? Eu poderia esfregar, mamãe, cortar com faca minha barriga, esfregar cada órgão, limpar, esfolar, virar em nada, eu só não podia te arrancar de mim.

*A flor brota nova vida se a poda é feita em tempo. Se não, apodrece.*

Gato se aconchega no meu corpo, empurra com o nariz minha pele. Parece buscar algo que não encontrará. Enquanto busca em mim e me olha, busco em mamãe e a observo. Absorvo.

*É como tirar leite de Pedra.*

## 17

Nem a banalidade de um cabo de força que pifa é possível. Mamãe fica transtornada com qualquer interrupção nos seus prazeres. Porque não pode assistir aos seus programas, se vestir de sofá e se acoplar nele como se fizesse parte do móvel, resmunga. Sem eles, não pode me chamar dizendo que era *isso* que tinha acontecido com ela, quando a apresentadora falava sobre depressão pós-parto.

Eu só não entendia se o deprimido era o embrião nascente ou o corpo que expurgou bebê recém-saído.

*Devo ter depressão pós-parto.*

Sibila também, suponho.

Amigos são como esses cabos que ligam aparelho à eletricidade. Na tela, situações inusitadas que não poderemos experimentar, mas que por nos serem reveladas, acabam fazendo parte de nós. Como a mamãe e o seu sofá.

Tinha um cabo assim; enxergava nela o mesmo olhar acusatório. Ela carregava na vista o atestado de seu estrangeirismo. Sempre me interessei por quem é de fora. Por quem é marcado na pele pela diferença. Convidou-me para viajar com sua família para o litoral. Ah, essas bordas de mundo devem ser tão divinas. Seria um feriado curto, apenas três dias, e ficaríamos hospedados de frente para o mar.

— Mãe, posso passar o feriado com a família da minha amiga?

— É claro que não.

— Mas, mãe, vão ser só três dias, passa ligeirinho! Assim a senhora aproveita para descansar.

— Não, eu já te disse.

Eu já esperava pela negativa, mesmo sendo uma boa menina. Talvez por ser uma boa menina!

Combinamos que a família dela iria intervir, já que mamãe era fraca quando os pais pediam pela minha presença, uma menina tão bem-criada, um privilégio de se conviver, um doce, um encanto.

*Uma mentira que faz minha mãe babar pela lateral da boca.*

Não porque concorda, mas porque eu sou o seu trabalho. Elogiar a mim é dizer sobre a mãe maravilhosa que ela é, criando filha sozinha, se sacrificando, abdicando de tantos sonhos, dando tudo que pode. E todas as outras frases que ela mesmo se repete para suportar o escárnio de sua própria vida. Para dar alguma desculpa aos astros por ainda consumir o ar do planeta, nessa vivência desperdiçada que temos, ela e eu.

Depois de convencida, passou duas semanas queixando-se da falta de recurso financeiro.

E mental.

Não fosse o bastante, encheu minha cabeça de suas premonições. Estava certa de que eu não deveria fazer tal viagem. O mau pressentimento lhe atormentava, mas tudo o que uma mãe quer é ver o filho feliz — ou padecer da praga que lança de sua boca ferina.

— Algo me diz que isso não vai acabar bem.... — repetia enquanto lavava louça, enquanto estendia cama, enquanto servia nossos pratos na cozinha da Vovó Um. Enquanto se banhava e eu sentia nojo ao perceber que se lembrava de mim nua esfregando corpo.

Gato me olhava com desconfiança. Jamais havia presenciado tanto movimento, euforia e alforria naquela casa. Ignorei seu olhar lamurioso. Gato sabia ser pedinte e pedante apenas com o movimento dos olhos.

Arrumei minha mala enquanto cantarolava. Música que invade tímpano para silenciar mau agouro. Cantei, cantei, cantei, mas mamãe continuava esfregando pia.

A família da minha amiga me buscaria pela manhã. Dormi cedo, cedíssimo. E acendi antes mesmo do Sol. Coloquei a mala com o chaveiro de presilha perto da porta, entre o sofá e o banco baixo de chorar memórias.

— Tu vais contra a minha vontade.

— Ai, mãe, eu não vou embora para sempre. São três dias só.

Acariciou meu cabelo, de olhos fechados. Cheirou meu rosto e tocou em todo meu corpo. Parecia criar lembrança pelo toque. Feito enlutado que se despede de defunto.

— Três dias é tempo demais para uma mãe.

— Vai ficar tudo bem, quando eu chegar lá, te aviso.

— Senta atrás do motorista.

— Por quê?

— Porque, se algo der errado, é o lado dele que primeiro ele vai tentar preservar. Só assim, quem sabe, tu não morre.

Só assim, quem sabe, eu não viva. Disse para mim mesma, enquanto me prometia me sentar ao lado oposto. Por birra, por burra.

Beijei-a sem tocar a boca na pele. Bochecha com bochecha e um estalo. Beijo lançado ao vento sem nenhum destinatário.

Em cima da ponte que liga terra a outra terra que é cortada por água que escorre, com chuva despencando, o motorista perdeu o controle do veículo. O controle que todos nos iludimos ter.

Eu, sentada na janela direita, enxerguei a represa d'água que se movimentava furiosa embaixo de nós. O carro, inclinado em direção ao matadouro. Vi a queda numa posição privilegiada. Entre o carro e a represa, a certeza da morte.

*Nadar contra uma água que te puxa é perder tempo e cansar à toa.*

Cada gotícula daquele riacho nervoso era como mil bocas abertas esperando alimento. A água sedenta de qualquer coisa que a atravessasse pela garganta. Não despencamos, mas podia enxergar os braços d'água abertos para o abraço do ponto final.

O motorista ficou paralisado, com as mãos agarradas ao volante como um assassino que observa o furo da pistola que recém disparou. Quente, com fumaça, cheirando a sepultamento. Ele encostou o rosto na direção e suas mãos foram ficando cada vez mais vermelhas, apertava cada vez mais. Dava para ver a raiva nas mãos, o medo tocando os cabelos úmidos de suor.

A mãe da minha amiga e ela desceram do carro e providenciaram equipamentos para tentar impedir outro acidente. Triângulos luminosos para deixar bem claro que ali não havia espaço para mais um descontrole.

No carro, só eu e o motorista. Além do som agressivo daquelas gotas caídas do céu, que, quando encontravam o teto do veículo, explodiam incomodadas. Escorriam pelas janelas risonhas. Uma delas cochichou: *isso não acabou bem.*

*Ignorar esses seres sem boca que conversam comigo é uma arte pouco apreciada que domino com maestria.*

Um caminhão guincho nos levou de volta à cidade mais próxima. Dormimos lá uma noite. Escutei os gritos de Dona Iná quando conversou com a mãe da minha amiga. Eu não quis falar com ela.

O motorista pediu que eu fizesse uma massagem em seus pés. Ele era um homem baixo e rude, mas era o pai da minha amiga. Pediu que eu esfregasse a base de seus pés com meu queixo, uma técnica de massagem que eu desconhecia, mas que ele disse ser milenar.

Olhei minha amiga assistindo à televisão recostada na mãe. Voltei pro motorista. Usei meu queixo na pele do homem. Às vezes parecia coisa errada a se fazer. Mas coisa errada se faz escondido, pensei. E as duas estão ali. Segui. Esfreguei, esfreguei,

esfreguei, em movimentos circulares como mamãe me ensinou limpando pia. Era como música feita para afastar maldade.

Será que elas sabiam o que estava se passando ali? Eu sabia? Por ter sido convidada, de certo eu haveria de ter de pagar pelo convite com o corpo. É isso que as netas das putas fazem. Está no sangue.

Enquanto esfregava seus pés com meu queixo, o olhar dele me lembrava dos homens comendo carne da vaca no festival familiar da minha cidade. Que saudade da minha casa...

Tem corpos que podem se recostar nos ombros da mãe, receber delas o amparo necessário. Tem outros que já nascem marcados. E fazem massagens em velhos com idade para ser seu pai.

*Quem é que define que corpo pode morrer e que corpo pode viver?*

Podia ser o sangue, mas não aceitei esse pensamento inocente.

São os homens. Ao menos foi isso que o sangue covarde do meu pai fez comigo. Uma pequena massageadora de homens adultos.

*Praga de mãe pega.*

Assim que nos aproximamos da minha casa, aquela casa que eu costumo desprezar, sinto alívio. Dali eu sei de onde vêm as maldades. É bom sabê-las, afinal. Corro até o banheiro e vomito, sem contar à mamãe o motivo. Permito que conclua qualquer coisa sobre porcarias de postos de gasolina. É um jeito de mantê-la segura sem declarar que ela estava certa. Eu deveria ter ficado em casa desde o início.

Dona Iná me chama para ver nascer os filhotes do gato que eu achava ser um macho. Sempre me foi confuso diferenciar uma coisa da outra. A agora gata comeu os três bichinhos, enquanto mamãe e eu assistíamos.

— Veja, a natureza é sábia. Quando não dá bom, a mãe que sabe se deixa viver ou não.

Todas nós idolatramos algum homem idiota em detrimento do ódio de alguma mulher verdadeiramente admirável. O seu pai era um alcoólatra que quebrava a louça, os móveis e a minha cara quando chegava em casa. Isso a troco de um lar e comida na geladeira.

*Ser puta tinha muito mais dignidade.*

Aprendemos a nos odiar, por conveniência. Os homens adoram que nos tratemos assim.

O céu ser um buraco do saco que nos revestia também denunciava que quando as coisas são atadas, há uma morte da perspectiva. Morro de medo de areia movediça, aquela sensação de que pelo escoamento as coisas somem. Tal qual um sumidouro que é buraco, mas se presta a enterrar.

Os olhos de Vovó Um nunca mais foram vivos. Eram buracos negros, ou qualquer coisa entre o mar e o Triângulo das Bermudas. Há que se ter muito cuidado em acessar mares que são sumidouros na Terra.

*Entrar é desaparecer.*

É redimensionar a própria existência numa dinâmica despedaçada. Grão por grão de areia que engole grão por grão de pele. Não restará pedra sobre pedra. Se entrar engole, ficar na beirada é o quê? Achava que tocar com a ponta dos dedos, ou a ponta dos pés, ou a ponta da faca era desenhar mapas singulares do que é possível para cada olhar.

Gato olhava de relance, fugidio, escorregadio. E, por posicionar olho em graus pouco comuns, acessava minha gravidade. Sibila me abraça. A órbita por onde rodopio enquanto sumo é o olho de Vovó Um redimensionado na cara de Dona Iná.

*É que tem olhar que abraça, mas tem olhar que estrangula.*

A medida da atadura é que faz dela carinho ou suplício. Sensualidade ou estupro. Desejo ou assédio. Abuso é como chama o que o pai da minha amiga fez comigo. Quando o que acontece tem nome, fica mais real, mas também menos confuso.

*Obrigada, dicionário.*

É terrífico perceber que eu também não sei falar com ela. Nossos dicionários não falam a mesma língua. Exijo que se comunique comigo, mas não sei lhe dizer quando me dói. Tento cultivar a crença de que tentei até desistir. E fica cada vez mais difícil sustentar essa verdade.

Escrevo.

*Iná, querida, não posso me apresentar, mas a tua vida me causa tanta curiosidade. Às vezes eu a observo pela janela. Como se ficar dentro de casa fosse viver dentro de um cenário. O cenário de uma vida que você não escolheu levar. Você acha que isso é possível? Eu digo... profundamente possível? Sei que não escolheria viver em um país que é devastado pelas intercorrências climáticas, e que muitas coisas nos acometem sem que as tenhamos escolhido. Acontece que, no meu mais íntimo, esse paradoxo me deixa desconcertado: não acho que tenha domínio sobre mim mesmo, mas se não o tenho, o que me resta?*

*De antemão peço perdão pela audácia — sem dizer quem sou, tentando delinear quem és. E, afinal, não é exatamente isso que todos fazemos? Descrevemos o que enxergamos e, com isso, denunciamos partes de nós.*

*Sei que tens uma filha. Me encanto com as semelhanças físicas que vocês compartilham. Elas se encerram aí? As semelhanças... Por outro lado, não é esse teu lado que me interessa.*

*Assisti a um filme em que os protagonistas nunca se encontraram, mas se comunicavam por cartas, e, como carrego comigo essa vontade de te conhecer sem revelar minha face, pensei que podíamos trocar cartas. Você tem com quem conversar? Eu não. Desconfio que conhecer alguém, pelas palavras sem rosto, seja o mais próximo de conhecer alguém, verdadeiramente.*

*Se minha ousadia te soar descabida, por favor, desconsidere essa loucura. Mas se, porventura, ela te for convidativa, como uma peripécia que por imbecil é excelente, aguardarei tua resposta embaixo da pedra que fica recostada em frente à árvore que faz sombra à sua casa.*

*Então, me conte, seja lá o que for. Seja lá o que vier. Mas que seja sem porém.*

*Seu interlocutor,*

*A.*

# 18

Dona Iná anda muda. Silenciosa até dos usuais grunhidos e bufadas. O Senhor A. parece não ter despertado nela qualquer interesse. É cansativo querer te conhecer, mamãe! No entanto, não há coisa que mais me desperte uma microfagulha de algo que nem saberia dizer o que é, mas que se acende.

Você sabia que na minha escola as meninas têm falado incessantemente sobre namorados? Não, é claro que você não sabe. Desenvolvemos nossa intimidade sem intimidade nenhuma. Enquanto segues essa vida de merda esfregando pia de cozinha até arrancar pedaços do metal, sigo guardando histórias que queria te contar, mas sinto que não posso. Onde foi que nos tornamos duas estranhas? Já nos conhecemos em algum momento? Em qualquer circunstância, houve um lampejo de vivência compartilhada? Dividir o mesmo teto não conta.

*Dois estranhos podem dividir o mesmo teto durante toda uma vida.*

Vovó Dois chega hoje. Essa senhorinha puritana acha que pode fazer alguma coisa pela sua neta de sangue indigno. Veremos...

Assim que ouço os passos de Vovó Dois, meu coração se agiganta. A presença dessa avó não causa incômodo em mamãe. O que me faz pensar que é sempre mais fácil ser estranho do que vir da entranha de alguém. É a proximidade dos afetos que complica tudo. A nossa proximidade, mamãe, é o que nos distancia de sermos próximas.

Odeio pensar que é isso que ando querendo. Um distanciamento para enfim, uma aproximação. Só dá mesmo para se aproximar quando existem duas pessoas. Talvez não seja de todo mal, enfim, querer que nos aproximemos.

— Vovó!!! — E a abraço com força e empenho.

Houve um tempo em que eu fantasiava que a Vovó Dois me levaria para morar com ela. Caí numa desilusão monstra quando ela me confidenciou que quem não aguentava ficar na casa dela era eu. Mamãe permitia, mas eu sempre chorava para voltar para casa. Como eu fazia isso comigo mesma?

Mamãe coloca a carne a repousar no vinho para amaciar os nervos que não se mastiga com facilidade. Feito ela mesma que se amacia depois de algumas taças. Descansada em vinho, descascada.

A receita, aprendeu de um velho restaurante decadente. Hoje o recinto de pouco prestígio é ainda mais decaído. É paradouro de inconsequência juvenil. Cá estou, entre as carnes velhas amaciadas em vinho e a carne nova endurecida de vida.

A cena me faz voltar. Ainda que descascada, mamãe carrega o enigma no olhar, enquanto tempera a peça em alho.

Dona Iná, como todos nós, aprendeu que temperar faz parte do que é se tornar civilizado. Carne pura ninguém come.

Filha pura mamãe devora.

Me visto dela.

Vovó Dois tenta me convencer de que preciso aprender com minha mãe a arte de amaciar carne. É ridiculamente engraçado. Eu sempre ri do bizarro.

— Vó, eu quero fazer outras coisas da minha vida.

— Você pode fazer outras coisas da vida, mas amaciar carne, convém aprender.

Vovó parece sabida. Dessa sabedoria que não se encontra em nenhuma matéria da escola.

Seguiu discorrendo:

— A mãe vive na filha depois que morre. São seus ensinamentos que a mantêm nesse mundo.

Então não morre, pensava. Mãe não morre nunca.

— O que você ensinou para o meu pai para ele ter ido embora?

Essa imbecilidade da revolta adolescente, essa ilusão de poder fazer diferente.

Mamãe recrimina minha má-criação. É-lhe insuportável ver suas falhas em mim. Talvez vovó tenha razão. E se é assim, farei questão de manter viva as partes da Dona Iná que ela mesma despreza.

Vovó arranha a garganta como quem precisa de um tempo para responder minha pergunta astuta.

— Ir embora não foi algo que eu o tenha ensinado, minha querida. Essa conversa você precisa ter com o seu avô.

Vovô nunca vem. Protege-se à distância. Uma linhagem de homens que sequer existem. Ou só existem pela boca das mulheres que os contam. E as da minha família, do lado que for, os contam muito mal. A verdade doída é que eles deixam. Permitem. Consentem.

O banquete de um condenado é o horror do nosso tempo. O prazer é tão infantil e mítico. O gosto da comida preciosa, descendo pela garganta enquanto cada mastigada o aproxima ainda mais do matadouro.

*Será que o condenado sente prazer com a comida ou*
*com o destino selado?*
*Os dois, quem sabe.*

Enquanto almoçamos, esquecemos nossas dores individuais e testemunhadas umas pelas outras. Vovó Dois retoma a leveza possível daquele ambiente inóspito e reconta suas histórias de caminhadas ao lado do homem que a fez descobrir que o seu nome de uma vida toda era uma grandiosa mentira. Contou-nos, pela bilionésima vez a mesma história. Como se fosse possível mudá-la apenas por recontar. De qualquer modo, a cada vez, algumas sutilezas são de fato modificadas.

— Naquela época, pouco uso se fazia das certidões de nascimento. A gente não precisava de papel para mostrar que existia. Nas escolas, nunca nos pediam essa prova documentada de existência humana. Meu pai, com vergonha de contar sobre seu esquecimento, permitiu que minha mãe achasse que tinha me registrado com o nome que ela quis. Só fui descobrir meu nome quando precisei mudá-lo ao me casar com o seu vô.

Sibila revira os olhos, não é dada a repetições.

De todas as histórias que ouvi, essa é a mais repetida. Tanto pela minha avó como pela própria vida. Como se a coitada sequer tivesse tido a chance de viver com o nome próprio. E segue:

— Você imagina a minha surpresa!

Então, por alguma razão, me lembrei de perguntar se naquela época seu pai era vivo. E não era. Ela nunca pôde ser a filha que confrontou o pai com o que ele fez com o nome dela. Ela ficou destinada a ser quem ri disso. Aprendo muito com vovó.

— No dia do casamento, o padre até fez uma piada. Que o seu avô era um malandro de primeira categoria. Namorou a dona fulana e casou com a dona cicrana.

Como se a entendesse, minha mãe a olha com ternura.

Esse olhar eu gosto de enxergar.

Invejo minha avó por acessar partes de mamãe que os meus ossos sabem existir, mas o coração não consegue. Gato pula no meu colo. Mais que minha dor, ele fareja a carne do meu prato. Mastigo antes de entregá-lo um pedaço — uma prática que mamãe abomina, mas que me sacia. Finjo que engulo a maciez forçada enquanto ele garante a veracidade da minha intenção. O gato come por mim. Assim, como tudo sem engolir nada.

Se as duas mulheres à minha frente perceberam algo, fizeram questão de me conceder o fingimento. Somos todas muito boas nisso.

Esse Gato sabe ser gente. É o único homem que pode residir aqui, mas acredito que isso se deva ao fato de que ele não fala e nem macho é. É conveniente.

## 19

*Querido A., não entendo seu interesse em uma vida tão pacata quanto a minha. Mal lembro como se escreve.* Já nem *sei como se vive. Sonhei uma família e fracassei. Moro com a pestinha que me lembra disso todos os dias. Dizias que não deveria falar sobre ela, mas entenda, de que mais fala uma mãe? Ou de quem gestou ou de onde foi parida. E que mais pode uma mulher quando é a filha da puta? A filha da outra. Quando carrega a insígnia na testa e vê a vida arrastada pelos apontamentos de quem nem a conhece, mas supõe conhecer. Como você, que me chega chutando a porta, sem a decência da apresentação.*

*Disseste que talvez a maneira mais certeira de conhecer alguém seja pelas palavras sem rosto, mas o meu tu já conheces, e me pergunto se essa carta é apenas mais uma pedra lançada no meio da cara — como quando quebrei o nariz por curiosidade. Foi meter a cabeça na rua e a pedra me acertou em cheio. O nariz de menina me acompanha na velhice.*

*Do que eu gosto? Piano. É ridículo, eu sei. A primeira vez que ousei encostar o dedo na tecla foi como descobrir os efeitos dos outros na música individual que cada um carrega dentro de si.*

*Iná*

O corpo em queda, uma mescla de suicídio e voo. Só voa, verdadeiramente, quem está por morrer. Quem cavouca no limite da própria possibilidade. E de onde saíram essas palavras? Pacata, parida, ousei. De onde, mamãe? Em que lugar inóspito e inatingível guardas essas pérolas, e por que um anônimo as alcança e eu não? Filha da puta! — repito como se fosse ofensa. Sei que não é. Sempre foi a parte da sua história que me foi mais fascinante. E, por outro lado, a mais decepcionante também. Com uma bagagem dessas, resignada. Ou, quem sabe, em função dessa bagagem, acuada. Tento construir algo teu que me sirva.

Mamãe nunca comentou nada relacionado a piano, sequer peguei-a em flagrante escutando uma única música que sugerisse isso.

Guardo a prova de nosso desencontro enquanto a observo absorta, reflexiva, ausente. Algumas poucas palavras e vira outra. Na vida falada diz tudo nas entrelinhas, acha que é delicada. Na vida escrita é sutil e consistente.

*Não há coisa mais grotesca que a sutileza.*

Quero devorar suas letras, marcar a pele com o traço dessa selvageria que é ter uma mãe estranha à mãe que sempre tive.

Gato assiste ao corpo agonizante da minha esperança. Ele não se deixa enganar.

Vovó Dois foi embora. Retornou à sua rotina, apaziguada pelos ensinamentos que imprimiu nesse dia de felicidade amena e línguas afiadas pela falta de delicadeza.

*As mulheres escapam dos corpos para, vez e outra,*
*serem quem são — as esposas escapam dos maridos.*

Iná tagarela o ranço da pia. Sua voz me dá sonolência. É como feitiço calculado. A doçura para contar brutalidades, a fala raivosa para tocar em afetos. A falação dúbia, duvidosa. É tiro e queda, mais queda do que tiro. Tento ouvir o que me tem a dizer, mas meu corpo vacila. Vai adormecendo, amortecendo. A pálpebra pesa cada vez que os sons dela tentam tocar meus olhos. Fecham para não ouvir. Meu estado é invernal. Infernal. E meu corpo é uma palavra que não é corpo.

Entrego os pontos, encerro o pranto, com olhos costurados de palavras cortantes. Ao fundo, entre a vida e a morte da consciência, com palavras entrecortadas pelos sentimentos, ouço mamãe dizer: *quando dorme fica tão melhor*. E capoto.

As palavras são desordenadas. Suspiros interrompidos. Balbucios incompreensíveis e inassimiláveis. As palavras avivam e mortificam. Anestesiam e acordam. As palavras abrem olhos e os fecham.

Durmo.

Acordo.

Escrevo.

*Querida Iná.*

*Me autorizo a chamá-la assim, já que não houve nenhuma ressalva quanto a isso em nosso último correio. Que bom ter notícias tuas. Bom e surpreendente. Não achas que as surpresas nem sempre são boas coisas? Às vezes nos acostumamos tanto a uma imagem que criamos para alguém, que essa mesma imagem parece adquirir roupagem própria, se embrenha na pele de quem a veste e toma o corpo para si. Que vestes te servem, e quais te apertam? E te apartam de outras com melhor caimento para o corpo que habitas?*

*Tem uma dose de fracasso em cada roupa em que nos costuram e outra, talvez maior, em cada roupa que costuramos para nós mesmos. E o problema de esperar uma viragem grandiosa é se deparar com a realidade. É a vertigem da viragem. Iná, eu sofro de realidade, mais do que de reminiscências. Achei curioso que não fizeste nenhuma pergunta a meu respeito. Por acaso eu não te interesso, ou só tu mesma te interessa? É tão cansativo, fazer força sobre-humana na tentativa de sustentar as vestes que criamos para nós mesmos. Já nos falo no plural, é típico. Será que alguém é verdadeiramente livre? Existe em seu armário algum vestido de criança que ainda usas e, por óbvio, aperta o corpo dessa mulher adulta?*

*Piano, então? Todos têm, creio eu, uma melodia sua, mas nem todos têm mãos capazes de tocá-las. E é aí que os sons se misturam. E é pela mistura que algo inédito se cria. A mistura produz uma nova melodia, ou uma tragédia.*

***A.***

A verdade é que minto. Nem só a realidade faz doer nos lugares nossos que nem imaginávamos que existissem — até que doam. As lembranças têm sua participação na ópera. Ridícula até no trocadilho.

Gato vomita. Come mais do que pode e aí vomita. Quem mandou se entupir de comida? Anda gordo como se fosse um porco. Falo igualzinho a ela, cada vez com mais frequência. E é como se pudesse sentir o meu corpo me abandonando, abrindo as brechas para sua possessão completa. Um plano muito bem delineado, estruturado no detalhe. Ser eterna pelo corpo que me deu ao mundo e que pouco a pouco dele se reapropria. Expatriada de mim, como um vermezinho minúsculo que se infiltra no pedacinho podre da fruta, e a come por dentro. Por fora, intacta. Por dentro, esfarelada. Um toque sem brutalidade é o suficiente para fazer o corpo oco da fruta sumir.

Escuto sua apneia. Imagino que se engasga pelo próprio nariz não crescido. Imagina se você morre agora, mamãe, pela falha nas vias aéreas, obra da idade avançada e do corpo que se agiganta cada vez que se alimenta de mim?

Na aula de português, a professora dizia sobre figuras de linguagem. Como se fosse possível diminuir a brutalidade com um véu banhado em purpurina sobre uma carcaça que cheira à podridão. É que se precisa, na língua, inventar uma outra forma de dizer para suportar o que se diz — ninguém está interessado no que o outro escuta. A preocupação é sempre consigo mesmo. Essas sutilezas me faltam. E eu odeio português. Ora, mas foi por ele que descobri palavras novas no teu vocabulário, Dona Iná. Teu tesouro escondido. Nada é mais pobre que a pobreza de narrativas.

Nisso, tens se mostrado abastada. Não mais a bastarda de uma puta ladra de marido. Acabas de despertar, preciso voltar a dormir. Rápido, Gato! Aconchegue-se na coberta e cubra nossa criminalidade excitante: ser dona de um puteiro não é o maior dos teus segredos, mamãe. É ser dona de palavras inéditas dentro dessa boca de sair xingamento.

— Mãe, por que tu não me acordou? Eu não te disse que hoje era dia de prova final?

— Disse.

Perdi a prova, fiquei em recuperação. Uma vida toda dentro dos muros da casa ou dos muros do colégio e agora, pela primeira vez, preciso recuperar nota. Ardilosa, fez questão de não me chamar. Inconformada com o fato de eu me interessar por sexo. Disse que uma menina grandinha que anda beijando pelos corredores da escola já devia saber manusear um despertador. Sei que se incomoda com outros alisando meu corpo. Por não mais ser a única, me castiga. Vou rir disso no futuro, mamãe. Brindar quando te mostras como és. Essa que esconde as boas partes. Não porque não as têm, mas porque não as suporta.

*Unidas pela dor, você, Vovó Um e eu. Somos patéticas.*

Prometi a mim mesma que será a última vez que te escrevo. E rio advertida dessas promessas que são apenas isso: promessas. Antes, utilizo do meu encanto forjado como ferro para seduzir meu professor de história. Se não preciso ser inteligente por ser bonita, a tarefa de cruzar as pernas repetidas vezes deve obter mais sucesso que saber em profundidade a história das civilizações.

Repito o que foi história enquanto fuzilo o professor com olhos de malícia. Nasci sabendo. Capturar pelo movimento.

*A pena nos faz poderosos.*

E o poder do frágil é, talvez, o mais perigoso. Esse é o meu vestido apertado, mamãe. O resquício dos desfiles infantis com rosa na pálpebra e as costas coçando pelo tecido desconfortável. Com quatro anos, eu não sabia andar de bicicleta, mas sabia acenar na passarela. Segurar com a pontinha dos dedos diminutos, o vestido rodado de princesa em ascensão.

*Como as primeiras-damas nos desfiles presidenciais, professor.*

Mulher, na história, sempre foi coadjuvante. Ele disse que de todos os alunos nunca imaginou que eu precisaria de recuperação. Mal sabe ele, coitado, que "em recuperação" poderia ser meu sobrenome. Não de vícios, nem de notas. De vida, mesmo.

Desliza as mãos no meu dorso, garante que qualquer dúvida pode ser sanada, desde que eu o chame. Pede que eu não me acanhe.

Mamãe tinha razão.

Vocês, homens, e essa incapacidade de ver no corpo feminino uma propriedade privada que não lhes pertence. As menininhas são suas favoritas, e quando caem em tentação é porque são as mulheres que os enlouquecem, os tornam incapazes de pensar. Aos trinta anos são garotos, aos cinquenta garotões. Eu com dezessete, mulher.

Quando as mulheres iniciaram motins, apenas as que eram também mães não eram levadas à prisão. A mãe na mulher protege a mulher do cárcere. Uma contradição pronta. A própria maternidade não é, enfim, um regime semiaberto?

— Coloco o que na redação, professor?

*A redenção, espero.*

Ao cruzar com Vovó Um na cozinha, pisco para ela. Fim do colegial! Ela gargalha. Sibila comemora. Vovó enxerga minha prematuridade, consente com minha promiscuidade. Pouco importa se compreendemos o que dizemos, desde que o façamos com convicção.

É na cozinha que trocamos confidências. Colocamos as verdades em banho-maria. Nem tão quente, a ponto de afastar, nem tão frio, a ponto de ficar cru. Vovó Um é habilidosa em fazer o simples gesto de picar cebola um manual de sobrevivência. As unhas de concreto, disse-me, adquiriu enfiando esses pedaços de corpo descartável na acidez do legume.

— Só algo comestível que desperte o choro enquanto é cortada dá à mulher uma arma bonita aos olhos. A ardência nos endurece.

Segue cortando, agora lembranças. Quando expulsa de casa pelo próprio pai, junto com as duas irmãs, iniciou a carreira de puta que vende o corpo. Matriculou as caçulas em um colégio interno, coisa de gente tradicional. Disse querer preservar nelas a inocência perdida. A madre que cuidava do lugar disse-lhe que seu trabalho era indigno e que sua presença era má influência às irmãs castas protegidas pelos muros celestiais.

— É do meu rabo que sai o dinheiro que paga a mensalidade, madre.

As visitas seguiram. Convicção e dinheiro. Dupla irresistível.

# 20

Fecho a janela. Aquela única que nos dá a sensação de um mundo fora do anexo. A luminosidade atrapalha o pensamento. A luminosidade forja uma vida que adentra sem permissão. Já me sentei ali, naquele canto. Entre a sua cama, mamãe, e uma mesa de cabeceira que carrega seus sonhos. Se crianças bebem leite para dormir, adultos bebem cerveja. Há muito que moscas brincalhonas fizeram casa no seu canto.

Entre elas e eu, a diferença é que elas voam. Se se cansam de como caminham nossos dias, apontam em direção à luminosidade.

Entre elas e eu, a semelhança é que elas voltam. Se se cansam de como o mundo é grande e inseguro, apontam em direção a seu copo de cerveja.

*Moscas são asquerosas porque se parecem com pessoas.*

Quando o quarto escurece e os barulhos de fora silenciam, posso vestir a pele de um Anônimo. Te escrevo despida. Desconfio que a única maneira de falar com você é pelo desenho da letra em um papel. Uma letra é uma aparência, uma voz não. Sei que há tempo demais deixamos de nos encontrar. É cada vez mais difícil dirigir minhas letras à interrogação de que pessoa você é. A minha maldição é essa.

*Querida Iná,*

*Senti falta de uma resposta sua. Talvez minha curiosidade excessiva a tenha assustado. Sei que posso ser insistente e até, por vezes, inconveniente.*

*Te olho tão de longe que sinto até que te conheço. Quanto mais perto estamos, mais inundamos nossa percepção com aquilo que é nosso, dentro de uma relação que é mútua. No fim, nos relacionamos com nós mesmos, querida Iná. Nossa distância é nosso maior triunfo.*

*Com carinho e saudade,*

***A.***

Embrulho essa última coisa que nos aproxima, mamãe. Vovó Um bate à porta. Uma novidade a quem costuma abrir sem anunciar, entrar sem pedir, ficar sem ser convidada.

— Tua mãe não volta hoje.

Quando ela esteve aqui, vovó? Posso ser essa mistura de anjo calado e diabo traiçoeiro. É o sangue que me dá o aval. Silencio. Anúncios são informações que independem da nossa vontade. São decretos que vem de quem tem o poder de dizer sem precisar suportar contra-argumento.

Vovó toca nos meus cabelos. Entre as mãos de linhas marcadas e uma constelação de sinais, alguns fios repousam. Meus cabelos, assim como eu, se desprendem de mim em qualquer oportunidade. Eles carregam um saber incontestável como os comunicados da minha avó: qualquer lugar que não esse corpo é um lugar melhor para ficar.

— Menina, teus cabelos parecem descolados da cabeça! Isso não pode estar certo!

Outro anúncio. Outro silêncio.

— Vó, por que os cabelos caem?

— Falta de vitamina. O corpo, minha querida, precisa de um sem-fim de nutrientes para ser saudável. E nosso corpo é a coisa mais preciosa que temos. Me entristece ver como você não cuida desse corpinho que Deus te deu.

— Vó, quando o corpinho que Deus me deu passa a ser meu?

— Quando você pagar suas contas.

Outro anúncio. Outro silêncio. Vovó finge que não sabe, mas existem contas que são impossíveis de quitar...

*Quanto custa ter recebido a vida de alguém?*

Cautela devia ser o meu sobrenome. É com ela que respiro, mastigo, engulo. É com ela que assisto à vovó desaparecer atrás da porta de entrada. Essa mesma porta que permanece fechada. Com cautela observo Gato se espreguiçar de tantos nadas que fez. Um pouco levanta o tecido do sofá com suas unhas de abrir pele. O coitado é tão infeliz que mesmo tendo garras só as usa para irritar Dona Iná. O linho do sofá se entrega com muita facilidade aos encantos desse gato. À unha, abre sorrisos. À unha, a esponja brota denunciando que até o mais nobre dos tecidos se curva à animosidade selvagem.

*Um gato domesticado é uma mulher.*

Enfio a carta no lugar costumeiro. Iná, que só volta amanhã, terá, quem sabe, uma gota de espanto e empolgação.

Depois de cozinhar para mim, trabalhar por minha causa, mudar o corpo quando eu estava na barriga, perder o papai porque o casal se perdeu na rotina das fraldas e despertares noturnos e lavar minhas calcinhas, a coisa que mamãe mais despreza são as entregas de boletins. O que é, também, coisa minha que demanda dela.

*Ser mãe é mesmo um martírio.*

Se quase reprovo em história, tenho as notas mais altas em português. Não é a entrega de boletim em si que incomoda Dona Iná, senão que aquela reunião de gente otária, cada um querendo maior destaque para praga que chamam de filho. Reunião de pais e mestres é um circo que enjaula leões, enquanto poodles pulam em arcos em chamas por um biscoito.

Há cada ano, mamãe cantarolava uma história e conseguia escapulir dessa maçante covardia social. Quando não havia saída, marchava até a escola. Os professores pouco tinham a lhe dizer, eu sempre fui uma boa menina. Boas notas, bom comportamento, boca fechada. Uma aluna exemplar!

Afora aquela recuperação, nunca dei trabalho — não a mais do que o obrigatório. Alguns pais-poodle levavam seus mini-poodlefilho para assistirem juntos à extrema-unção acadêmica. Laureados pelas notas como se um dez significasse mais que horas de estudo. Como se horas de estudo outorgassem àquelas criaturas alguma valia. Bom... Em algum lugar deve ser bom valer alguma coisa.

*Um dez no boletim é um biscoito de poodle de circo.*

Mamãe retorna com mais papéis que de costume. Carrega no olho uma lágrima dura. Chorar é outra coisa que minha mãe odeia. Ali, embora não queira, escorre a secreção de sua própria humanidade. Ali, pelo choro, é pessoa.

— Como você nunca me disse que escrevia tão bem? Você me faz passar tanta vergonha!

Aqueles olhos todos, condenando essa mãe que desconhece o dom da própria filha... Iná chicoteia enquanto elogia.

— Não acho que escreva bem, só escrevo o que me pedem. E só faço isso porque preciso terminar a escola. Erro nisso também?

— Você já nasceu errada, menina.

Recolho de cima da cama os papéis que Iná lançou. São redações e uma espécie de certificado: "Melhor escritora da classe". A escrita me concedeu um prêmio. Não uma faixa que coroa cara de criança com pálpebra rosa. Um reconhecimento pelo que carrego dentro. Meu próprio biscoito.

*A última vez que meus olhos enxergaram*
*De um lado morreu:*
*Coletor de lágrima que agiganta saudade do marido*
*Pannier que agiganta anca*
*Crinolina que agiganta anca e diminui cintura*

*Polisson que agiganta bunda*
*Stay que agiganta peito*
*Hímen da virgem que agiganta valor*
*Uma Cleópatra com fuligem que agiganta olhos*
*Uma bruxa queimada que agiganta fé*
*Uma mulher, e só.*

*Do outro, o que vive:*
*Uma parturiente estuprada no hospital que agiganta homem.*

Acho que ninguém escapa daquilo que se apaixona. E todos parecem morrer exatamente disso. Quando o mestre pede para listar as dez coisas vistas pela última vez na face da Terra, meus olhos enxergam as paixões que recebi como herança, dádiva ou maldição. Moldes de corpo feminino, para o gozo de um pau masculino. Para o deleite de mamãe. Se leu, deve ter ficado orgulhosa. Nunca saberei se o que recebemos de quem nos fez é dom ou castigo.

*O certificado foi o melhor biscoito que recebi. Sou uma boneca com víscera.*

## 21

Desde que enxerguei na imagem da minha Vovó Um o breu nos olhos e a língua de serpente, aprendi que os sonhos me concedem os melhores diálogos. Ainda que seja inútil a tentativa de uma conversa, apostei nessa última chance, pela carta que te dediquei, Dona Iná. Quem sabe o desenho das letras não se mostra mais sedutor que o som das palavras? Isso porque a voz que escutamos quando lemos é a nossa própria. Ler, afinal, é emprestar o nosso tom à caligrafia de quem escreve, e aí, aquilo que vem de fora se confunde com essa nossa parte obscura que fica do lado de dentro. Quando transformamos em nosso, nos eximimos da responsabilidade insuportável e inatingível de acessar o que o outro nos tem a dizer. E esse outro, mamãe, se ilude, feliz, por supor estar sendo compreendido.

*Só fala quem supõe ser escutado, só escuta quem supõe ter as palavras dirigidas a si.*

Tu não és mais forte que eu. A verdade é que demorei para descobrir isso. Se é a minha carne que te alimenta, se são meus poros que te dão viço, se os meus olhos te enfeitiçam é porque só através de mim tu sentes que existe alguma coisa nesse pedaço de plasma ambulante que insistes em chamar de corpo.

Te dedico a minha raiva enquanto te dedico minhas letras, e, quanto mais raiva te dedico, mais me sinto aprisionada a essa necessidade de me dirigir a tua pessoa! Você é o meu inferno. Te carrego debaixo do braço feito um sem-perna e sua muleta. Se ficar sem, tomba.

Um planeta inabitado. Esse é o meu sonho. Se, antes de dormir, peço aos deuses, que nem acredito, alguma luz, a resposta que recebo é essa. Um planeta. Inabitado. Quilômetros e mais quilômetros de terra seca. O céu escuro quase sem luz. Uma névoa. Acinzentado como fagulhas de um vulcão em erupção. Esse é o planeta pelo qual vagueio. Cada tom ri à sombra de um lugar onde o Sol se esconde. Crateras que cavouco, desesperadamente. A mesma areia cinza, a mesma escassez. Por entre os dedos escorrem esses excessos de nada. Um ecossistema que suplantou a terra porque o plantio por certo extrapolou a capacidade de vingar o que for.

*Terras devastadas podem voltar a ser florestas?*

Lembro-me da luminosidade da janela, aquela pontada fina e áspera de esperança que me dá enjoo. Aqui isso não existe. Meu de dentro definha. Ninguém comigo, nenhuma vida à minha volta. Nada. Solidão e vida nenhuma, esse é o planeta dos meus sonhos. Enquanto caminho por entre as trevas de um mundo devastado, repito, gritando: não tem nada aqui! Não tem nada aqui! Não tem nada aqui!

Acordo.

Como um fio de faca escuto Dona Iná e Vovó Um rirem. Gargalham. Mamãe segura a carta que escrevi enquanto lê partes dela para minha avó. Minhas vértebras se agitam. Diferentemente dos meus pensamentos, esse corpo sabe reconhecer cenários. Se agiganta da decepção. Nunca se decepciona em sempre se decepcionar. Com cautela — sempre ela! — me esgueiro entre a cozinha e a sala de estar. Nem tão longe a ponto de as vozes se fazerem incompreensíveis, nem tão perto a ponto de minha presença ser delatada.

— Essa menina... Tem tanta certeza que eu não sei que é ela quem escreve essas coisas miseráveis. Veja só como é erudita com as palavras!

Erudita com as palavras. Vovó Um tenta dizer que talvez não fosse tão correto rir assim de uma menina. Elas nunca me chamam pelo meu nome. Menina serve para qualquer um.

*Todos e ninguém é sempre gente demais.*

"Talvez não fosse tão correto"... Talvez? Mamãe entope o espaço de dentro da boca, esse mesmo lugar que armazena carne amaciada em vinho. Será que podemos dizer que está vazio quando não tem nada dentro? Será que só se torna vazio depois de, pela primeira vez, quando bebês, ter ficado cheio de leite? Quisera eu, Iná, tua boca inchada de tanto leite que te despejam. Não! Tua boca se infla quando ri da minha vontade de saber quem tu és. Tua boca inflama em ódio. "Até que é criativa, se chamando de A. Que será esse A.? Astuta?!" E ri, mais uma vez.

Tombo quando vejo em sua boca cheia minhas muletas derreterem. Minha cabeça é capaz de escutar a brutalidade de notas agudas, tocando sem parar no frenesi de dedos raivosos. Dá para ver sangue saltando das teclas de um piano que só existe em pensamento. Cada vez que o dedo apalpa uma tecla, um som grita até que explode.

Como as moscas do seu copo de cerveja. Volto para casa.

*Não tem nada aqui.*

# 22

Há na cômoda que reformamos um bloco de notas com rascunhos meus. Conservo meus restos todos, na tentativa de criar de novo. A cada ano, conseguimos sorrir juntas pelo término do colégio. Comemorávamos o avanço que se avizinhava quando pulava da terceira para a quarta série; quando saltava da quarta para a quinta. Nessas ocasiões, experimento a leveza de uma relação agradável. Não posso ludibriar minha memória e dizer que tudo reinava em plena alegria, mas também não posso inundar essa memória com outras, violentas, na tentativa de arrancar de você suas boas coisas. Nossas boas coisas.

*Ano após dano a vida se repetia*

Depois das séries iniciais, essa cena deixou de acontecer. Nem posso dizer que é saudade que sinto. Para o que sinto não há verbete no dicionário. O que sinto é como um livro didático de criança pequena que, quando abre no meio, brota para fora o formato de um edifício. Ao fechar o livro, a construção deixa de ser. Construímos nossas memórias por quanto elas doem. Porque o que arde, cura. Porque precisa abrir para existir.

Ouso levantar os olhos e o que vejo é uma árvore da vida, feita em corda. Na parte debaixo, caem linhas com miçangas verdes, e na ponta dessas linhas há uma pena pendurada.

*Tenho muitas penas penduradas na minha árvore da vida.*

Escuto suas ruminações enquanto finjo que não estou aqui, e escrevo. Para mim. Sem parar.

— Agora você deu para ouvir a conversa dos adultos? — Iná tenta me interromper.

Um gêmeo parasita é um caso raro, me disse o professor de biologia. Um desses fetos, o não viável, ou malformado, é englobado — ou, nos meus termos, engolido — pelo seu gêmeo que se desenvolve normalmente. Esse feto engolido, em geral, se aloja no abdômen do gêmeo que o engoliu.

*Nem nasceu e ficará sempre dentro de uma barriga.*

Bem-me-quer, mal-me-quero. Você luta, mamãe? Eu apanho. E apanhar é uma forma de lutar também. Perco fios de cabelo pela casa. A morte dá bom-dia. O que é morrer, Iná? Uma pessoa que talvez nem exista mais porque há dez anos não se sabe de sua existência? Isso também é morrer? Ora esquece, ora retorna. Uma pessoa não esquecida nem morta, jamais, mas ainda assim, uma pessoa viva na lembrança de quem não a esquece.

*Nem morrer é um direito.*

Vomito o tomate de alguma refeição. Que dia é hoje? Que ano é esse? Tomate em olho triste, na privada suja, vira tripa. Lembrei de você, mamãe. Ali, vomitando as tripas, queria que você pudesse ver. Pode engolir todos meus pedaços! Pode abrir minha barriga e devorar minhas vísceras! Pode me fazer de vaca, mamãe.

*Mais dia menos dia, todos seremos comidos.*

Sangue, mamãe, tem gosto de ferro porque fica do lado de dentro. Encontro de corpos, com uma dança de letras, vira encontro de porcos. Materno e martelo se diferenciam por uma única letra, seio/leio, também. Uma letra importa. Muda o mundo para o bem ou para o mal. É sol que nasce ou bomba que destrói — e algumas, por mudas que são, nos pegam desprevenidos. Você, Iná, é bomba sem som, nenhum sinal que me prepare, nenhum indício que me bote a correr. Quando estoura, seus pedaços se confundem com os meus. Não soubemos dizer se a perna esquecida na calçada da frente é dela ou minha, porque aqui, ninguém caminha com as próprias pernas.

— Você não vai parar de escrever nessa bosta e ouvir o que estou falando? — insiste.

Gosto da TV por contar do absurdo. Aparentemente as pessoas pagam para visitar um lugar onde o leite da cabra é recolhido. As crianças se alegram com a possibilidade de dar mamadeira a um pequeno carneirinho. A gente paga para trabalhar para eles e chamam isso de turismo. As cabras recebem colares com cores diversas e cada cor atesta o nível de produção de leite. Quanto mais produz, melhor é a fêmea, quanto menos, melhor é a carne que desfila até o encontro com seu carrasco. E ele não tem a decência de usar uma máscara, se regozija com o trabalho de assassino socialmente aceito. É o Deus da iguaria chamada Carré. As criaturinhas brancas como nuvem são comandadas por um cachorro cujo divertimento é "tocar ovelha".

Será que uma mãe que escolhe ter filhos para sacrificar sua vida por eles, escolhe ter filhos para sacrificar sua vida por eles? Perco a garantia que nunca tive, mas me parece que esse é o desenlace natural. Uma mulher tem filhos justamente para viver das lamentações dessa escolha. Precisam desses filhos para que sintam o prazer de viver em um eterno estado de melancolia.

*A eternidade, ao contrário do que se possa imaginar,*
*existe.*

Quando alguém morre, as pessoas que trilharam junto os caminhos são eternas para quem partiu. Até o último minuto existiram para aquele que se despede, até o último suspiro lhe concedem a certeza de que o fim sequer existe.

— Olha para mim enquanto eu falo! Foi uma brincadeira, menina. Fingi que não sabia que você escrevia aquelas bobagens.

Entre mim e minha mãe, a eternidade se consolidará quando uma de nós já estiver morta. Os imortais, suponho, são criaturas decepcionadas. Precisam conviver até o fim dos seus dias com a eternidade que o outro lhe outorgou, com o sem-fim de tatuagens que ele carrega impressas na alma, sem as ter escolhido. O outro morto eterniza o outro vivo pela lente de sua própria visão.

*Quem faz jus, em vida, à imagem lapidada e sepultada, em morte, desrespeita a morte?*

A morte de quem?

Tem hora que casa de mãe fica pequena. Aperta como sapato velho para um pé que já tem tamanho de caminhar distâncias maiores, e sozinho. O pé cresce sem pedir licença. É tomado de um conhecimento ancestral que aponta a direção das coisas. A duração das coisas.

A contramão das coisas é quando pé cresce ao contrário. Quando desiste de procurar estrada nova, quando se recolhe a um sapato diminuto e encontra no couro que o reveste um corpo que o abriga. Que o obriga. Pé cresce até a hora de sustentar corpo grande que o leva para longe. Deixa de crescer por se imaginar pronto. Pé não entende que tamanho grande não é necessariamente saber caminhar.

— Menina, pare de escrever e me ouça!

*Palavras doces são como foices.*

Não vou parar, mamãe. A rádio retumba junto com suas palavras: "Short rib! Quer maciez? Tem. Quer sabor? Tem. E marmoreio? De sobra. O corte é extraído da parte dianteira do animal, entre a primeira e a quinta costela e parte do miolo do acém".

*O tesão do homem vem do ato, não da metáfora.*

Um manicômio em mim habita. Suas frestas, suas arestas, a grade instalada para que eu não me defenestre pela janela — impedindo assim que outras colegas tenham a mesma ideia. Corredores infinitos que se conectam em alojamentos. *Mãenicômio*, penso e rio. Prisioneira no próprio corpo, escuto minha loucura enquanto a aceno, perversa. Riso bizarro que ninguém escuta, ideações assassinas que ninguém enxerga, olhar de ódio que ninguém acessa.

Ah, se eu pudesse, Dona Iná, abrir sua barriga em faca, seu crânio em foice. Extrair do teu de dentro algum alimento que sustente o meu de fora. E não me morrer disso, depois. E não me saber sem vida, já que existo na tua respiração. Meu ódio é a medida do meu amor, mas meu amor não aprendeu a abrir fechaduras, é puro cadeado. Sem chave. Sem chance.

— Fale alguma coisa!

Açúcar ou adoçante, mamãe? Cicuta.

Ninguém vê o que a outra pessoa enxerga. Você sempre soube disso. E ninguém escuta o que a outra pessoa escuta. Compartilhamos o visto e o ouvido pela aposta de entendimento mútuo. A escrita, talvez, seja a única garantia de lermos a mesma coisa — e no fim, nem isso. Nem isso, Iná.... Porque cada um lê pelas lentes de um livro anterior, forjado em DNA. Condenadas ao desencontro, mamãe. Se fôssemos uma, venceríamos esse mistério.

*Coloco meu olho do passado em um pote com água.*

— Desisto de você, menina. Larga essa caneta! Quando escreve, nem me escuta!

# 23

Empurro a porta com a ponta dos pés. Adentro num surto violento essa casa que antes era visita. Foram anos para morar nessa cena de vaidades. Um homem procura uma puta por muitos motivos, trepar é apenas um deles. Iná, desde minha estreia se mostrou avessa ao meu novo trabalho. Curvou-se à linhagem sanguínea. No nosso DNA, o dominante se chama puta. Estou em casa.

Aqui contabilizo abortos. Soube resguardar cada criança, impedindo que se desenvolvessem nesse mundo-paetê. De uma delas, em homenagem, guardei uma flor em um pote de vidro. Transparente para poder ver dentro. De vidro para que ela tenha certeza de que não está a céu aberto. Foi a única menina que gestei.

*Uma flor num pote de vidro é uma criança não nascida.*

A flor de hibisco no pote, me lembra, Pequena, que cada broto carrega consigo particularidades na folha, no porte e na flor. Perdeste tuas cores em reverência à ação do tempo. Somos todos, Pequena, escravos do pôr do sol. Te encontras aprisionada, mesmo quando teu assassinato era tua redenção.

Como você, muitas vidas definham em potes de vidro. Muitas peles padecem do Tempo. Essas flores, por medo, fenecem. Murcham sem sequer brotar. Não me compadeço das que definham. Tenho pena é das insistentes. Tanto trabalho para acabar do mesmo jeito. Jamais te pedirei perdão por te preservar do cansaço de respirar. Jurei ser uma boa mãe. E sou.

A popularidade do hibisco foi adquirida pela capacidade de se adaptar à realidade que for. O clima se curva à sua extravagância. À sua inocência colorida, de quem ousar sonhar florescer. Aí sei que foi de mim que você saiu. Mas o mal, Pequena, se corta pela raiz.

*O que é, Pequena, um útero sem nada dentro?*

Tem dias que é isso. Tristeza e ponto final. Tem outros dias que é um pouco isso. Tristeza e reticência. Poucos dias não têm isso. Tristeza e ponto e vírgula. Te guardo, Pequena, dentro do pote,

dentro da casa,
dentro do quarto,
dentro da gaveta,
dentro de mim.

*Um útero sem nada dentro é uma mulher livre, mamãe.*

Iná acerta. Por nocaute diverte mais que por ponto. Uma bofetada e o corpo desfalece. Pequena, e, quando uma mulher sequer foi livre com um útero vazio, ela é o quê?

Uma mulher, mamãe.

Uma mulher dá à luz um pedaço de carne que respira e também a morte da espera. Parimos vida e morte, juntos. Beijo a mão que encosto na gaveta de sua sepultura. Pisco e busco um resto de fôlego. Quando eu já não estiver por aqui, você seguirá vivendo presa em seu pote, Pequena?

Não, mamãe. É a memória que mantém os mortos vivos. E eu só vivo enquanto pulsa esse teu sangue podre. E tu só vive enquanto pulsa esse teu sangue podre. E vovó só vive enquanto pulsa esse teu sangue podre. Esse teu sangue podre, mamãe, é o que nos faz eternas. A semelhança vem do DNA. É como chamam o dano não aparente.

*Sou tão egoísta, Pequena, que meu tipo sanguíneo*
*aceita qualquer tipo sanguíneo, mas só pode doar*
*para o meu próprio tipo sanguíneo. Tipo: podre.*

Até breve, Pequena. Precisamos trabalhar. Vovó Um ensinou. Pagar as próprias contas faz o corpinho que Deus me deu ser meu.

Duvido.

Com seu blusão xadrez, ele aparecia às quintas-feiras — não todas. Esporádico, como a roupa. Parecia saber que a surpresa produz interesse. Que o espaço vago é de quem desperta curiosidade. Um traço aqui outro ali. Nas vestes, tons que dançam e fazem estampa. Por não saber seu nome, nos tornamos íntimos. Por esquecer sua cara, nos tornamos amantes.

Trepei com um fantasma. Sempre se cobria, e a mim também. Me esforço para que o olho escape, e meio aberto, meio fechado, vejo só um lençol que se mexe à revelia. Como um desenho infantil que encobre um espaço nulo para fazer nascer fantasma.

*Os medos da infância são lençóis vazios com olhos no rosto.*
*São como mamãe.*

Enquanto a coberta enrolada em meu pescoço me cobre a cara e o corpo, o que ele vê de onde está, são pernas e uma vagina. Eu desisto e fico com a cabeça debaixo das cobertas. Cabeça e tronco cobertos. Obedeço a seus sinais. O corpo comunica mais do que boca tagarela.

Foi a primeira vez que gozei com um pau lá dentro. Porque não tínhamos cara. O corpo se desmaterializa. Tudo que sou é um buraco. Aberto, que pulsa, receptivo. Tudo o que ele é, é um pau. Firme, dilatado, que adentra. Um conquistador medieval. Só existe um pau e uma buceta.

Só assim ele goza — soube depois.

Só assim eu gozo — soube na hora.

*Gozar é, afinal, um ato solitário.*

Conto seus trocos por permitir que apalpem meus troços. Não é o sexo que sustenta um cabaré, é o descompromisso. A escolha maliciosa da vontade do dia. Desejo não é rotina, é imprevisibilidade. Desejo que é desejo cintila porque não se corrompe pelo sangue. Engole essa, Iná.

# 24

Quando é que a vida deixa de ser importante? Iná faz questionamentos que ela mesmo obtém a resposta. Acho que é sua maneira de garantir alguma posição de destaque. A sabedoria é o tesouro dos vividos. É como Deus ressarce suas almas cansadas.

— Posso fazer as compras para você. Descanse.

— Uma puta velha também vai ao mercado.

— Você precisa descansar, mamãe.

— Não, obrigada. Eu sou dessas pessoas que escolhe o veneno que mata.

Mamãe sempre escolheu como morrer. E morria dela mesma. Dessa língua que não compartilha com mais ninguém. Não deve haver nada mais difícil do que ser estrangeiro da própria língua. Mas ali, a estrangeira era eu.

— Tenho uma boa e uma má notícia, qual tu quer primeiro?

— A boa?

— A boa é que a má é apenas uma.

Aqui, até boas notícias são más notícias. Tem vezes que más notícias são boas notícias.

— Diga, mamãe.

— Estou morrendo — disse-me enquanto mastiga seu pedaço de vaca favorito.

A admiro por se permitir pequenos luxos. Como tomar um porre. Eu nunca fiquei bêbada, por mais que bebesse. E bebia. E bebo.

A vida parece acumular como uma conta de bar. Acertamos no fim. Bebemos uma, duas, três, quatro doses. A única coisa que sempre chega é a conta. Vivemos, mamãe, como quem não tem um corpo para preservar. E me pergunto: algum dia tivemos? Seu câncer, incontornável, como você.

— Dei opções para o meu corpo.

— Sim. Acho que foi uma boa escolha.

— Ao menos foi a possível, menina.

— Qual é a boa notícia?

— Morro em breve.

Poderosa até para morrer. Corro de você e de sua morte iminente e me agarro à Sibila. Minha boneca. Ela é isso. A incompreensão da companhia. De seus olhos escorrem lâminas. Sibila sempre soube dizer pelo que expurga do olho. Não posso dizer que não tive filhos, já que tive Sibila. Filhos da dor são ótimos irmãos.

*E o que é um filho senão uma boneca que brincamos quando nos convém?*

Então me conta, mamãe, temos pouco tempo. Quem foi a sua melhor amiga? Você teve uma? E do que conversavam? Não sei suas músicas favoritas, nem se algum filme marcou sua infância. Que brincadeiras lhe arrancavam as melhores risadas, e quais cheiros te encantam? Por que nas aulas de anatomia das faculdades particulares os corpos que se estuda são de indigentes, prostitutas e negros?

Deve haver alguma história hilária, algum namoro que rompeu sua crença no amor — e depois dele algum outro que a pôde renovar. Por que sabemos detalhes da vida de estranhos, mas quase nada de quem nos fez pessoa?

*É muito triste o que a falta de palavras faz com uma relação.*

Tu já dançaste ao som do tempo? Vovó Um dizia que esse som não existe, e que insisto em ouvir coisas onde não tem. Talvez ela tivesse razão e o que ouço é traído pelo que quero. E quem, mamãe, não ouve assim?

Acho tua risada a melhor de todas. O que te faz gargalhar, mamãe?

Dona Iná jamais responderia. E por isso pergunto. É o enigma que a faz sedutora. É a falta de resposta que a torna viciante. Sou adicta.

# 25

Basta que olhemos a palma de nossas mãos para enxergar a marca de nossa desgraça. Um M. A marca de onde saímos e para onde caminhamos: da Mãe à Morte. Nosso umbigo, mamãe, é a ferida primeira que carrega a marca da separação inicial. Todos carregamos a cicatriz da impossibilidade. A mãe assassina a vida fetal para que possa surgir o bebê — e a criança encontra nela tanto morte quanto salvação. A vida se dá por um triz. E em três. No nosso caso, a dois. Quem te deu o direito de partir, mamãe?

Sibila relincha — é mesmo um animal de pele emborrachada. E você, mamãe, não ouviu. Um tampão mora no seu ouvido, como mora no meu. É nossa deficiência congênita. A filha única. A única falha.

— Não acredito que você bebeu de novo!

— Você espera que eu viva, agora? Não sou uma fênix, menina.

Seu hálito fermenta. Tivemos vários dias para brincar de ser feliz. Você já tinha me alertado, desprovida de hipocrisia — coisa que, aliás, adoro: "Se eu não fosse mãe, o que chamam de abuso seria chamado de diversão".

*Ser mãe é a ruína da graça.*

Sua gengiva com um filete de sangue. Tem mortes que chegam soberanas, como cócegas que tiram o fôlego, num misto de diversão e tortura. Tem mortes outras, que são penas finas na base do pé. Vagarosas e intransponíveis. Você morre assim.

Seu peito diminui a força. Não me acostumo com sua fraqueza. Enquanto puxas o ar, ele ri da sua tentativa e não te devolve oxigênio. O ar é brincalhão. Te vejo cansada e exausta. Quase fico feliz por você. Quase fico feliz por mim. Odeio que estejas morrendo e odeio que estejas viva. Somos, afinal, mãe e filha. Carne do mesmo sangue. Podre.

O aparelho apita. Seu esforço é cada vez maior. Você, cada vez menor. Aparato médico é uma coisa bruta. Luz de hospital é branca para abrandar nossa ilusão. A vida, mamãe, é a brutalidade de um quarto de hospital. Aqui, os hóspedes também não têm nome. Aqui, os sintomas são casos clínicos. Aqui, teus incômodos são meras intercorrências. Aqui, se você morre, desocupa leito.

*A vida é a luz branca de um quarto de hospital.*

Há um mar de mulheres morrendo. Avolumam seus corpos empilhados. Mulheres e mais mulheres amontoadas na obscenidade do envelhecimento. Um mar de mulher morta. Nem preciso fechar os olhos para enxergar. A morte faz parte do meu estado de vigília. A morte de mulheres aglomeradas em suas próprias dores nunca foi sonho, sempre foi condição. Mulher morre é de respiratório. A elas o ar é negado. A elas, nem respirar é um direito.

Assisto ao fim dos seus sinais vitais enquanto estico as pernas na poltrona reclinável. As formiguinhas de jaleco falam rápido, se movimentam depressa. Elas sabem que a morte, quando chega, não tem a decência de esperar.

Sibila segura o riso.

Você só me alcança pelo olhar lateralizado. Há um rasgo no seu peito. Traqueostomia. O objeto plástico que encobre seu nariz conforta sua falta de lucidez. Aceno com uma piscadela. Queria que você pudesse se ver, mamãe. Se fosse possível, acenderia um cigarro em reverência.

*Filho morre dos hábitos dos pais.*

É a finitude, entendo agora, o melhor dos temperos. Ela dá gosto às coisas. Gosto de caos. Vejo a velhice caminhar em direção oposta à minha enquanto de mim se aproxima concomitantemente. Velhas senhoras que caminham para longe, com suas mãos de cortar carne, com seus olhos de amaldiçoar criança, com suas bocas de engolir bochecha.

*Amor é um outro nome para canibalismo.*

E ali, mais morta do que o costume, disse em seu ouvido: eu desejei tanto a sua morte. Agora que essa mulher de manto negro acaricia sua pele, acenando com alegria, parece que vou perder o que nunca tive.

*A morte é uma mulher.*

Com a teimosia de uma quase morta, você agradece o fato de eu jamais ter saído de perto. Fui companheira e refém. A velhice não lhe cai bem. Veja, essas linhas na pele são mapas do tesouro, que a cada ano se apresentam um pouquinho mais.

Uma mãe é um deus esquecido. Quanto menos gente lembra, menos é deus. Até que deixe de ser deus. Porque deus só é Deus porque tem fiéis, fiéis. Não te deixarei em esquecimento. Essa é a minha vingança, Iná. Pode morrer o quanto quiser! Você não morrerá jamais.

*Morrer é o prêmio, Mamãe.*

# 26

Sibila me acorda enquanto repete nossa história. Aconchego meu crânio em suas perninhas. Gosto das grades nas janelas porque o mundo é sempre um quadro. Gosto das paredes brancas porque a ausência de cor é sempre um recomeço.

— Vai, Sibila, conta!

— É no olhar do outro que eu existo...

Sua voz é emborrachada. É mais humana que eu, ainda que de plástico. Sou mais boneca que ela, ainda que de pele.

**Jéssica Pozzebon**

é uma mulher que escreve as bordas de si pelo contorno das letras. Mãe de uma menina de olhos de castanha que a ensinou que maternidade é verbo. Psicóloga, psicanalista, trilha seu percurso pela psicanálise na Associação Psicanalítica de Porto Alegre (Appoa). Nasceu no interior do Rio Grande do Sul, numa cidadela que faz fronteira com a Argentina, coisa que lhe possibilita estar à margem da língua, desconhecendo os termos usuais e se atirando às possibilidades que a linguagem nos oferece. Sua bíblia é o dicionário. Reproduz sua crueldade pela escrita. Mora na região metropolitana de Porto Alegre; habita subterrâneos.

**EDIÇÃO**
debora ribeiro rendelli
**COORDENAÇÃO GRÁFICA**
tiago fabris rendelli
**REVISÃO**
marcella sarubi
**DIAGRAMAÇÃO E CAPA**
victor h. azevedo
**PROJETO GRÁFICO**
wladimir vaz mourão



**editado em junho de 2025**

Dados Internacionais de Catalogação na Publicação (CIP) de acordo com ISBD

P894a Pozzebon, Jéssica

Antes de ser pequena / Jéssica Pozzebon.
- Cotia : Urutau, 2025. 156 p. ; 14cm x 19,5cm

ISBN: 978-85-7105-226-0

1. Literatura brasileira. 2. Prosa. I. Título.

CDD 869.985
2025-2680 CDU 869.0(81)

Elaborado por Odilio Hilario Moreira Junior - CRB-8/9949

margem sul & américa do sul, do sal e do sol

URUTAU 10 ANOS